사랑의 중력

BECKOMBERGA-ODE TILL MIN FAMILJ
by SARA STRIDSBERG

Copyright ⓒ SARA STRIDSBERG, 2014
Korean Translation Copyright ⓒ MUNHAKDONGNE Publishing Corp., 2020
This Korean language edition is published by arrangement with Sara Stridsberg c/o
Hedlund Agency through MOMO Agency, Seoul.
All rights reserved.

이 책의 한국어판 저작권은 모모 에이전시를 통해
Sara Stridsberg c/o Hedlund Agency와의 독점 계약으로
(주)문학동네에 있습니다.
저작권법에 의해 한국 내에서 보호를 받는 저작물이므로
무단 전재 및 무단 복제를 금합니다.

이 도서의 국립중앙도서관 출판예정도서목록(CIP)은
서지정보유통지원시스템 홈페이지(http://seoji.nl.go.kr)와
국가자료종합목록 구축시스템(http://kolis-net.nl.go.kr)에서 이용하실 수 있습니다.
(CIP제어번호: CIP2020046440)

사랑의 중력

나의 가족에게 바치는 송가

사라 스트리츠베리 장편소설 | 박현주 옮김
BECKOMBERGA – ODE TILL MIN FAMILJ

문학동네

일러두기

1. 영역판 『*The Gravity of Love*』를 번역 저본으로 삼았다.
2. 주석은 모두 옮긴이주다.
3. 본문 중 고딕체는 원서에서 이탤릭체로, 볼드체는 대문자로 강조한 부분이다.
4. 장편소설과 기타 단행본은 『 』, 단편소설, 희곡 등의 작품명은 「 」, 연속 간행물, 방송 프로그램명, 곡명 등은 〈 〉로 구분했다.

하얀 바닷새가 홀로 베콤베리아의 스토라 만스 병동 복도를 따라 비행한다. 커다랗고 눈부신 새, 꿈속에서 나는 그 뒤를 쫓아 달려가지만, 따라잡기도 전에 새는 부서진 창문으로 날아가 밤 속으로 사라진다.

차례

마지막 환자
(올로프)

1995년 늦은 겨울, 스톡홀름 외곽, 스퐁아 라디오 송신탑. 칼바람 속에서 송신탑을 오르는 그의 앞에 황량하게 얼어붙은 풍경이 펼쳐진다. 그의 몸은 늙고 연약하나 내면은 젊고 힘이 넘친다. 그는 어지러움을 떨치려 두 손에 시선을 고정하고, 그를 둘러싼 밤은 맑다. 영원히 마르지 않는 습기와 회색 태양의 차가운 암흑과 모래처럼 까슬한 햇빛의 장소에서 그를 비춰주고 지탱해주는 그 별들, 다른 세계의 빛이 새어들어오는 바늘구멍, 암흑 너머 번득이는 강력한 광채, 다른 무언가에 대한 약속, 일렁이는 빛. 지평선 위에 처음으로 빛이 떠올라 희미하게 깜박이고 대기 중에 분홍빛과 황금빛 띠가 가늘게 그어진다, 그리고 몇 킬로미터 거리, 베콤베리아*의 다인실에는 새 시트를 씌운 그의 빈 침대가, 한때 연약한 육신들이 이불을 덮고 고요히 누워 자던 다른 침대들 곁에서 그를 기다린다. 이젠 모두 가고 없다.

그는 송신탑 꼭대기의 발판 위에 한참 서서 어둠이 드리운 도시와 희미하게 깜박이는 야간 조명의 흰빛을 내다본다. 그런 다음 외투와 두꺼운 스웨터, 검은색 환자모와 안경을 벗고 전부 단정히 정리해 옆에 차곡차곡 쌓는다. 세상이 발아래 펼쳐져 있다. 세상은 집과 거리, 그리고 깨끗하고 단단하게 응축된 인간의 폐로 숨쉬는 사람들로 가득하다. 하지만 그 안에 그를 위한 미래는 없다. 있던 적도 없었다. 피부 아래 찍힌 질병의 낙인과 함께 언제나 홀로 걸었다. 그를 제외한 모든 이에게 선명하게 보이는 낙인. 그가 다가가면 여자들은 슬쩍 피하곤 했다. 누군가에게 손을 내밀면 적대적인 행위로 간주되었고 도로 병원으로 추방되었다. 보이지 않는 철창살이 그와 세계 사이에 내려왔다. 고개를 돌리는 말없는 얼굴들. 그래서 그는 다른 사람들을 경계하게 되었고 차츰 물러서더니 혼자 틀어박혔다. 세상 누구도 그와 그의 서투르고 우중충한 기질을 그리워하지 않을 터였고, 딱히 그와 연고

＊1932년 스웨덴 스톡홀름 외곽에 세워진 유럽 최대 규모의 정신병원. 1995년 폐쇄되었다.

가 있는 사람도 없었다. 그 누구에게 허물을 벗어 보인 적도, 누군가와 살을 맞댄 적도 없었다. 그는 마치 아무런 의무도, 누군가와의 유대도 없이 어둠의 두건을 쓰고 살아가는 것만 같았다. 오로지 철창살, 그를 뒤로 끌어당겨 떨어뜨려놓는 보이지 않는 사슬만 있을 뿐이었다. 간호사가 텅 빈 다인실을 지나 스토라 만스의 마지막 병실의 불을 끌 때 그는 밤 속으로 몸을 던지면서 한 가지 희망을 품는다. 지금이라도 무언가 그를 하늘 높이 들어올려주었으면, 어떤 손이라도, 바람 한줄기라도. 무언가 이 세계에서 그를 지탱해주었으면. 하지만 그는 고작 하나의 덩어리일 뿐, 허공에 던져져 두어 번 돌고서 대지의 끄트머리 너머로 날아가 바닥에 쿵 떨어져 일그러지고 만다.

베콤베리아에서 마지막 몇 달은 혼자 외출해도 된다는 허락을 받았지만 그는 전혀 외출하지 않았다. 대신 하루하루 창가에 앉아 나무만 바라보았다. 나가서 다른 사람과 정원을 산책한 적도 없었다. 수년간 침대 옆에 놓여 있던 구형球形 램프의 불은 더이상 켜지 않았다. 병원을 떠나기 전날, 야노브시 박사와 퇴원 면담을 마친 그는 모자를 쓰고 환자복 위에 외투를 걸친 채 병동 간호사 사무실 문 밖에 서서 몇 시간 나가 꽃을 따 오겠다고 알린다. (2월에 꽃을 딴다고?) 그는 사라져버리고 그날 저녁, 혹은 다음날까지 돌아오지 않는다. 며칠 후 그의 몸이 송신탑 아래에서 발견된다. 그 지역에 사는 여자가 개를 데리고 산책을 나왔다가 지난해의 빛바랜 잔디 위에 누운 그를 발견한다. 줄무늬 환자복을 입은 몸은 쭉 뻗어 있었고 머리는 으스러졌으며 옷에는 흰 서리가 내려앉아 있었다.

I

첫번째 대화

"에드바르드 빈테르손이 죽었다는 기사를 봤어." 짐이 융프루가탄의 내 집에서 말한다. 독서등에서 나오는 작고 동그란 불빛 가운데 앉은 그는 신문에서 오려낸 부고 기사를 만지작거리고 있다. "베콤베리아에서 내가 있던 병실 주치의 말이야. 그 사람 기억하지, 야키?"

우리가 이야기를 나누는 동안 바깥 창공에 별이 하나둘 떠오른다. 저녁녘의 옅고 흐릿한 진청색 위로 드리운 반짝이는 진주 목걸이. 물론 나는 에드바르드를 기억한다. 밤이 내릴 때 스토라 만스 입구 옆에 서서 담배 한 대를 피우던 모습, 회색 불빛 속에 피어오르던 한줄기 연기, 짐을 발견하고 환히 웃던 얼굴, 언젠가 한번 그가 나를 병원에서 집으로 태워다주었을 때 빛바랜 뒷좌석 시트에서 잠들었던 일까지.

부드러운 전등빛 속에서 짐은 베콤베리아에서 환자로 지낼 당시, 에드바르드와 그의 은색 벤츠를 타고 외스테르말름의 밤샘 파티에 다니던 이야기를 해주었다. 해가 질 때면 병동에서 짐을 데리고 나와 라임나무가 늘어선 대로를 달려 잠든 도시로 들어가곤 했다. 한때는 짐의 삶이었던 곳이다. 에드바르드 빈테르손은 짐을 위해 평상복을 가져다주었다. 깨끗한 셔츠, 청바지, 재킷이 차 지붕 위의 작고 단정한 캐리어에 담겨 기다리고 있었고, 병원 문을 빠져나갈 즈음이면 그는 벌써 한 손에 담배와 술을 들고 있었다.

"에드바르드는 멋진 사람이었어." 짐이 웃으며 말한다. "그리고 그만큼 미친 사람이었지. 우린 똑같은 여자에게 반했거든. 사비나라고. 그 여자도 기억나니? 아주 거친 여자였지. 에드바르드는 고작 외스테르말름의 부잣집 자식이라 그 여자를 어떻게 감당해야 할지 몰랐어."

하늘, 그 번져가는 수묵화 위로 구름 한두 점이 떠돌아다니던 첫 겨울의 오후, 짐이 내게 와서 베콤베리아에 대해 말해준다. 그는 여느 때처럼 우발적으로 스톡홀름에 들렀고 며칠 후 대서양 연안 카리뇨에 있는 자기 집으로 돌아갈 것이었다. 스러지는 해의 붉은 줄무늬와 그가 말할 때 입에서 구불구불 흘러나오는 연기를 보고 있자니 로네와 내가 그를 처음으로 면회 갔을 때 그 지역에 서렸던 물안개와 건물 사이에 걸려 있던 눈발이 떠올랐다.

표지판을 읽으려 애쓰며 아스팔트길을 따라 걸을 때 주위의 모든 것은 얼어붙어 있었다. 누군가 젖은 나무둥치의 껍질을 벗겨낸 듯했고, 우리가 스토라 만스 쪽으로 서둘러 가자 마당의 막사 같은 건물 사이에서 울리던 까치의 새된 울음소리가 귀에 생생하다. 선홍색 외투를 입고 부츠를 신은 로네는 폭풍우를 헤치고 나아가기라도 하듯 몸을 살짝 앞으로 숙였고 두 손으로는 옷깃을 단단히 쥐었다. 짐의 창백하고 웃음기 없는 얼굴, 게슴츠레한 눈, 담뱃불을 붙이려고 할 때 심하게 떨리던 손. 그가 결국 포기하고 옆으로 치워버리자 담배를 끊은 것이나 다름없던 로네가 담뱃갑을 집어 한 개비는 그를 위해, 또하나는 자신을 위해 불을 붙였다. 로네는 재빨리 담배를 두어 번 뻐끔 피우고는 부츠 뒤축으로 짓이겼다.

짐: 이전에도 여러 번 시도하기는 했지만 한 번도 아주 진지했던 적은 없어. 퇴근해서 집에 온 로네가 가스오븐 속에 머리를 집어넣은 채로 누워 있는 나를 본 적도 여러 번이었지. 부엌 탁자 위에는 장미 꽃다발을 놓아두고 가스는 틀어놓고. 일종의 실험이었어. 이번에는 자유낙하하는 기분이더라. 나는 떨어지고, 계속 떨어졌어.

병원에 있는 짐의 친구들은 그를 지미 달링이라고 불렀고, 얼마 후 나도 지미 달링이라고 부르기 시작했다. 우리는 자작나무 묘목으로 둘러싸인 작은 비탈에 다른 환자들과 함께 앉아 있었다. 하늘을 향해 오르는 담배 연기는 울타리 건너편 사람들에게 보내는 신호, 저 너머 세상을 향한 인사였다. 나는 담배꽁초를 모아 짐과 사비나에게 건네고, 파울에게도 건넸다.

　"지미 달링?"

　"응."

　"몸이 다시 좋아지겠죠?"

　"모르겠어, 야키."

　"좋아지고 싶지 않아요?"

"내가 뭘 원하는지도 이젠 모르겠어. 좋아진다는 게 무슨 뜻인지도 모르겠고. 여기 있으면 편해. 다른 어디보다 여기가 편해. 여기 사람들은 달라, 아무것도 가진 게 없지만. 난 깨달았어. 뭘 가졌는지, 어디 사는지 같은 건 중요하지 않다는 거. 모두 마찬가지야. 나 자신을 보호할 방법은 없어."

"뭐로부터 보호한다는 거예요?"

"모르겠어. 외로움으로부터…… 어떤 내면의 벼랑 끝으로부터."

"그러면 다시 돌아오지 않을 거예요?"

"모르겠어, 야키. 날 기다리지 마."

사비나는 예배당 밖 검은 잔디에 배를 깔고 누워 있고 그 앞에는 책이 펼쳐져 있다.

"내가 원하는 건 자유뿐이야." 사비나가 고개를 들어 나를 보는데, 환한 햇빛에도 동공이 커다랗다. 그녀의 눈에 남은 건 검은 잉크와 순수한 고통뿐이다. "자유가 허락되지 않을 때에도, 언제나 그랬듯이, 난 어쨌든 가지고 말 거야."

나는 그녀의 눈을 절대 잊지 못할 것이다. 베콤베리아의 나무들 아래 강렬한 빛 속에서 그 눈이 어떻게 커졌다가 줄어들었는지를. 약물과 알코올로 굳어버린, 그녀 얼굴 속 커다랗고 까맣고 미동이 없던 눈을. 오랫동안 그녀는 내가 그린 미래였다. 이제는 나도 잘 모르겠다. 어느 날 저녁, 6호실 창가에 서 있던 나는 스토라 만스 뒤편의 자작나무가 늘어선 비탈을 달려가는 그녀를 보았다. 그 뒤를 에드바르드가 따랐다. 큰 참나무에 이르렀을 때 그가 따라잡았고 그녀를 잔디 위로 당겨 넘어뜨렸다. 에드바르드가 그녀의 목걸이를 잡아채자 진주알이 허공으로 날아올라 폭포처럼, 푸른 빗방울처럼 알알이 흩어져내렸다.

몇 달 동안 나는 참나무 아래 잔디에서 진주알을 계속 찾는다. 심청색, 순청색, 연청색, 천청색, 시간이 지남에 따라 색이 점점 희미해졌다. 어떤 진주알은 비 때문에 색이 씻겨내려가버려 상아처럼 하얗다. 처음에는 그 진주알을 되돌려줄 생각이었으나 나중에는 돌려줄 사람이 없게 되었다.

푹 꺼진 팔걸이의자에 앉은 짐은 나이든 소년 같다. 길고 앙상한 다리를 아무렇게나 뻗어놓으니 의자가 한층 더 거대해 보인다. 이 팔걸이의자는 비타와 헨리크가 남긴 몇 안 되는 물건 중 하나로, 그 밖에 다른 물건은 오래전 짐이 돈이 필요했을 때 팔아버리고 없다. 사진 바깥의 우리가 나이들어갈수록 사진 속 그들은 더 젊어져만 간다. 비타는 마흔 살도 되지 않은 나이에 세상을 떠났으므로 지금 내 나이보다 약간 어리다. 오래된 흑백 결혼사진 속에서도 그녀의 눈은 여전히 빛난다.

　아무도 짐이 나이를 먹을 거라고 생각하지 않았다. 그는 항상 시간의 경계 너머에 서 있었고 몸만 자란 아이처럼 자기 규칙에 따라 살았다. 위험하게, 제멋대로. 늘 죽음을 지나치게 좋아했기에 그 누구도 그가 망령난 모습을 상상할 수 없었다. 나는 이따금 짐이 청소년기 이후로 삶과 노화의 모든 각인을 피해온 게 아닌가 생각하기도 했다. 그는 언제나 하고 싶은 일을 했고, 변덕과 본능을 모두 따랐다. 불성실, 기만, 음주, 유기. 누군가를 사랑해본 적도 없으리라. 나도, 내 의붓형제들도, 어쩌면 로네조차도.

"그만, 야키." 그는 내년이면 일흔 살이 된다는 사실도 잊곤 했다. "난 절대 늙지 않을 거야. 그러기에는 너무 힘들게 살았어. 살기를 원한 적 없다. 정말로 원한 적은 없지. 너같이 원한 적은."

그는 또다시 죽기로 결심했다. 그는 융프루가탄 집의 문을 열고 들어오며 그 뜻을 분명히 공표했다. "난 늙고 싶지 않다, 야키. 살아야 할 이유도 없어." 그는 마리온과 내게 작별인사를 하러 스톡홀름에 온 것이었다. 몇 달 후 그는 스페인 북부의 작은 만에서 바다로 헤엄쳐나갈 계획이다. 이모반 수면제를 한 상자 모아두었고, 내 축복을 부탁했다. 나는 대개 그의 부탁을 들어주었기에 이번에도 들어주었다. 나는 늘 그의 존재 앞에서 말을 잃었고, 내 안의 모든 생각은 지워졌다.

"원하는 대로 해요, 짐." 나는 씩씩하게 말한다. "언제나 그랬잖아요."

로네와 나를 떠나 옵세르바토리에가탄의 작은 셋방으로 옮긴 짐은 내게 편지를 쓰기 시작했다. 베콤베리아로 가기 전이었다.

"야키, 부디 나를 좀 도와다오. 학교 끝난 후에 잠시만 들러줘, 야키. 지금 나를 구할 수 있는 사람은 너뿐이야. 와주지 않으련? 여기는 너무 외롭다."

나는 그의 편지에 한 번도 답장하지 않았다. 어떻게 답을 해야 할지 몰랐기 때문에, 내가 노력한들 짐을 구할 수 없을 거라는 느낌이 늘 있었기 때문이었다. 결국 그는 늘 다른 누군가에게 구원받았다. 사비나 같은 여자, 혹은 술에게.

짐은 그답지 않은 모습이다. 카리뇨의 집 위로 내리쬐는 뜨거운 햇볕 속에서도 얼굴은 창백했고, 자기 사이즈보다 몇 사이즈는 큰 듯한 근사한 정장을 입고 우아한 구두를 신었다. 이전이라면 절대로 입지 않았을 유의 옷이었다. 전에는 늘 청바지와 물 빠진 티셔츠, 운동화였는데. 지금은 마치 자기 자신의 장례식을 위해 차려입은 것 같다. 언제나 그의 눈에 어려 있던 빛도 이제는 없다. 아름답고 무시무시하고 황량하던 그 빛은 흘러넘쳐 그를 둘러싼 밤을 비추고 특유의 강렬함과 무모함을 드러내곤 했다. 멈출 수 없는 어떤 것, 맹렬한 불, 가파른 낭떠러지. 진청색 홍채에 옅은 우윳빛 막이 끼고, 시선은 무언가를 찾는 듯 불안하게 움직인다. 여자와 술도 없고 그의 내면에서 파괴를 갈구하는 성적 열망의 깜박이는 빛도 사라지자, 그 눈에는 재밖에 남지 않았다. 미래도 없고 희망도 없이, 너무 커다란 양복을 입은 늙은 몸만이 남았다. 여름 공기 속을 총총 뛰어다니는 도롱뇽이 팽팽하고 물기로 반짝이는 그 작고 유연한 몸으로 진동하며 생명과 에너지를 탁 터트리다가 겨울 한기 속에서는 말라버리듯.

오래전 나는 우리 가족이 특별한 빛으로 축복받았다고 믿었다. 우리에게는 어떤 해로운 일도 닥치지 않을 거라 생각했다. 짐이 세상을 논하는 방식을 듣고 있으면 우리는 고귀하고 선택받았다는 느낌이 들었고, 그가 우리 삶에 대해서 하는 이야기를 들

으면 주변의 세계가 밝아졌다. 나는 베콤베리아에서 자신이 귀
족이나 왕족인 것처럼 말하는 노인들을 만났고, 그들에게도 짐
에게 있는 무언가가 있다는 걸 알아차렸다. 그들의 삶 또한 금박
을 입힌 고상한 것이었다. 그들은 다른 사람들의 삶보다 약간 위
로 떠오른 채 홀로 떠다녔다. 자기 자신 안에서 황금 마차를 타
고 세계를 여행했고 모두에게 사랑받는 동시에 두려움을 샀다.

차창 밖, 겨울 해의 흰 실가닥들이 소나무에 닿으며 우듬지를 금색으로 물들인 후 헤드비그엘레오노라교회 뒤로 사라져간다. 잠깐 동안 나는 불이 붙은 거대한 나무들을 상상한다. 뿌리와 벌거벗은 나무둥치는 어스름 속에서 불꽃처럼 타오르지만, 옅은 금색 광채는 곧 그늘 속으로 밀려간다. 때아니게 따뜻하고 기만적이리만큼 온화한 겨울이다.

　오늘 일찍이 훔레고르덴공원에서 만난 짐은 연약해 보였다. 맨정신에도 걸음이 불안정했고, 새로워진 스톡홀름에서 방향을 잡지 못했다. 그가 나이들었다면 나도 이제 더는 어릴 수 없는 거겠지. 어린아이가 부모를 찾듯 군중 속에서 초조히 나를 찾는 그를 바라보며, 나는 선 채로 생각했다. 로네는 그보다 더 세월로부터 벗어나 있다. 어떤 때는 나보다 더 어려 보인다. 로네가 다른 사람을 험담하는 걸 들어본 적이 없다. 짐에 대해서도, 그 누구에 대해서도. 나는 로네에게 사랑에 특별한 소질이 있는 게 분명하다고 생각한다. 마리온은 꽃송이에 끌리듯 그녀에게 끌린다.

"에드바르드 얘기를 좀더 해봐요." 나는 전등빛의 부드러운 동그라미 속에 앉은 짐에게 말한다. 정말로 그가 떠나가고 있다는 강한 예감이 든다. 이것이 그가 마침내 사라지기 전 우리가 함께 보내는 마지막 시간이라는 것도. 그가 얘기하는 동안 황혼의 빛이 빠르게 가라앉고 가로등의 차가운 광선이 그 자리를 대신한다.

에드바르드와 그가 새벽녘에 병원으로 돌아가면, 그는 환자복과 잠들 수 있도록 도와주는 작은 연분홍색 알약을 받았다. 에드바르드는 약간 떨어진 곳에 차를 세워 짐이 소나무 몇 그루 뒤에 숨어서 옷을 갈아입을 수 있게 해주었다. 짐은 43호실로 안내되었다. 그가 슬금슬금 기어 야간근무중인 간호사를 지나쳐 자기 위해 누우면 기상시간 직전이었다. 몇 시간 후 에드바르드는 자기 책상 앞에 앉아 공식 업무를 재개했다. 짐과 그는 상담시간 동안 긴 대화를 나누었다. 외로움과 모든 것의 무의미함에 대해.

에드바르드가 말했다. "누가 진짜로 자기 손으로 목숨을 끊고 싶은지 알 방법은 없어요." 그러고서 말을 이었다. "당신이 죽고 싶어한다고 생각하진 않아요, 짐. 당신은 자살 환자가 아니에요. 그저 당신 어머니, 비타를 다시 만나려고 필사적이었던 것뿐이죠. 어머니에게 물어보고 싶은 뭔가 있었던 게 아닌가 싶어요. 이것 하나만은 약속해줬으면 좋겠군요. 우리가 밤마실을 다니는 동안은 그걸 끊어내길 바라요. 난 당신 같은 사람이 필요해요."

짐은 나의 반대편 벨벳 팔걸이의자에 앉아 환한 웃음을 지어 보인 후 피우던 꽁초로 새 담배에 불을 붙였다.

"에드바르드는 늘 내가 아픈 게 아니라고 말했어. '당신은 정말 여기 있을 필요가 없어요, 짐.' 그 사람이 그랬지. '아홉시 반에 차가 스토라 만스 밖에서 기다리고 있을 겁니다.'"

나는 한 개비 더 불을 붙이려 짐에게 손을 뻗는다. 우리 주위
로 어둠이 내렸고 작은 성냥불과 밤 속에서 까닥거리는 담뱃불
이 그의 얼굴을 밝힌다.

"그 사람들이 지금 어디 있을 거라고 생각하세요?"

"누구?"

"베콤베리아에 있던 옛날 환자들이요."

"여기." 그는 웃으며 말한다. "너희 집 팔걸이의자에."

"다른 사람들은 어떻게 됐어요?"

"저기 어딘가에 있지."

"그렇겠죠, 하지만 어디에 있어요?"

"거리에, 호스텔에, 교도소에 있겠지. 아니면 다리 밑이나. 그

런 데 말고 어디로 가겠어?"

"그럼 당신은요, 짐? 어디에 있어요?"

"여기 너희 집에 있잖니, 야키."

"나도 그건 알아요. 그런데 지금이 더 행복해요?"

"난 절대 행복하지 못할 거야, 하지만 나아지고 있지, 그래도."

"하지만 술 때문이 아니라면 어째서 베콤베리아에 입원하게 된 거지?" 로네는 외투 차림으로 별 아래 서서 어둠 속에 어렴풋하게 비치는 베콤베리아의 윤곽을 올려다보며 묻는다. 그녀는 젊어 보이고, 언제나 그럴 것이다. 머리카락에 희끗희끗한 줄이 그어지고 달빛 같은 은색 가닥이 비친대도 그러하다. 그건 내가 꾸는 꿈이다. 로네가 나와 함께 그 병원으로 가줄 거라는 꿈. 여기, 버려진 정신병원에 짐과 이 밤이 있다. 여기에는 내가 늘 거리를 두려고 했던 불가해한 것이 있었다. 잔인성과 거대한 사랑이.

"잘 모르겠어요." 내가 말한다. "어떤 사람들은 어쩜 그렇게 자기를 지키는 데 서투를 수가 있죠?"

머리 위 하늘에 연노란 구름떼가 낮게 드리우며 폭풍우의 전

조를 알린다. 가끔 나는 로네가 삶에 닿아 있지는 않았다는 느낌을 받을 때가 있다. 짐과 함께 그 모든 시간을 보낸 후, 로네는 상처 입은 동물처럼 물러나버렸다.

"그 사람이 무엇으로부터 자신을 지켜야 하는데?"

"삶, 아닐까요."

"아, 그거."

로네는 짧게 웃는다. 부드럽게 울리는 웃음이 동화 같은 너울로 세계를 감싸고, 그녀는 내 생각 속에서 스르르 빠져나간다.

밤

"남성, 1945년생, 잇따른 자살 시도로 베콤베리아 입원······
알코올 및 처방약 장기 남용으로 며칠간 반복적 간질 발작······
직장 있음, 거주 확실, 전처, 열세 살 딸, 안타부스* 치료를 시작했으나
이후 환자의 요청으로 중단······ 자살 위험······"

*알코올중독 치료제.

베콤베리아에서 온 사진 한 장. 이 사진을 로네의 여러 앨범 사이에서 찾았다. 나는 머리에 모자를 쓰고 목에는 오래된 여우 털 목도리를 두르고 있다. 사진을 찍은 사람은 분명 에드바르드로, 로네가 아주 가끔 베콤베리아에 면회 갔을 때 찍힌 것이다. 그리고 이상하게도 하얀 나비 한 마리가 사진 속으로 날아들어와 그 안에 갇히는 바람에 나의 땋은머리 타래 옆에 영원히 붙박여 앉아 있다. 얼핏 보면 머리에 묶은 리본처럼 보일 것이다. 그 시절에는 나비가 참으로 많았고 새도 마찬가지였다. 어디나 나비와 새가 있었다. 사진 속 우리는 약간 떨어져 있다. 사진에 담길 서로의 존재를 깨닫지 못하는 듯이, 아니면 곧 각자의 길을 떠나려는 듯이. 우리 뒤로 점점이 흩어진 구름들이 창문에 비친다. 로네는 사진 속에서 빠져나가는 중이다. 그녀는 사진에 찍히는 걸 좋아하지 않았다. 나는 땅에 떨어진 무언가를 주우려 허리를 숙이고, 모자가 날아가지 못하게 한 손으로 누르고 있다. 가만히 서 있는 사람은 짐뿐이다. 그 강렬한 진청색 눈으로 카메라를 똑바로 바라보고 있다.

이따금 마리온이 짐과 비슷하다는 생각이 든다. 두 사람은 걸음걸이가 비슷하다. 느긋하지만 빠르고 약간 덜컥거리는 걸음으로, 갑작스러운 기쁨이 바람처럼 몸을 쓸고 지나간다. 그 기류 때문에 마리온은 삶 속을 달려나가고, 짐은 가만히 있거나 쉬려고 발길을 멈추지 않고 계속 움직인다. 마리온은 어느 폭풍우 치던 밤에 내게 왔다. 육 년 전 11월의 이른 새벽, 나는 피에 젖은 뭉치를 품에 안고 병원에 앉아 있었다. 아이는 담요와 피 묻은 수건에 싸인 채 누워 있었고, 짐승과 썩은 물 냄새가 방안을 뒤덮었다. 혈흔 속에서도 환하고 푸른 눈 두 개가 빛났고, 뼈대보다 몇 사이즈 커 보이는 창백한 피부 아래에서 심장이 뛰고 있었다. 그 아이의 눈이 내 안의 어둠 속에서도 그렇게 빛났을까 궁금해했던 기억이 난다.

짐은 올 때마다 몇 분간 마리온과 농담을 나누지만 곧 자기가 여기 있다는 사실을 잊는다. 아이들은 짐이 맞출 수 없는 주파수에 존재한다는 양, 마리온의 가벼운 목소리는 그를 비껴간다. 마리온은 그래도 그가 오는 걸 좋아한다. 기쁨이 가득한 눈으로 짐을 바라보며 언제 우리에게 돌아오느냐고 묻는다.

"모르겠어." 짐이 대답한다. "어쩌면 다시 돌아오지 않을지도 몰라."

"왜 안 돌아와요?"

"인생은 힘들고 사는 건 시간이 흐를수록 더 힘들어지거든. 네 앞에 뭐가 기다리는지 모른다는 걸 기뻐해야 할 거야. 벨몽도 형사님.*"

잠들기 직전, 연기 냄새가 난다. 아파트를 구석구석 뒤지며 재떨이, 가스오븐, 다 타버린 오래된 초를 훑지만 불이 붙은 건 없다. 아랑곳하지 않고 잠을 청해야만 한다. 내 의식의 표면 바로 아래에는 보라색 연기 한줄기가 흐르고, 밤이면 공포가 찾아온다. 내 가슴을 두른 차가운 끈, 척추를 타고 흘러내리는 차가운 액체가 눈처럼, 드라이아이스처럼 혈관으로 스며든다. 다시 밤

---

* 프랑스 영화배우 장폴 벨몽도는 1983년 개봉한 영화 〈형사 조르당〉에서 주인공 역을 맡고 큰 인기를 얻었다.

에 깬 나는 지구가 어떤 행성과 충돌하기 직전이라는 상상을 한다. 내가 깨어난 건 떨어지고 있었기 때문이다. 공동주택이 무너질까 두렵다, 깨어났을 때 모든 게 사라져 있을까 두렵다, 세계 곳곳에서 서서히 전쟁이 진행되는 것이 두렵다. 우리의 긴 밤이다. 하늘의 어둑한 둥근 천장처럼 내 아래에서 입을 벌리고 도사리는, 짐과 나의 긴 밤. 마리온에게 가서 침대에 작은 십자가처럼 팔다리를 벌리고 뻗어 있는 그애를 바라본다. 머리카락이 땀으로 짙어졌다. 나는 이 아이를 밤으로부터, 내 얼굴과 시선으로부터 보호할 수 있기를 바랐다. 그 아이를 여전히 내 몸안에 품고 있을 수 있다면 얼마나 좋을까.

시계탑공원의 나무들 가지 끝에 맺힌 커다랗고 투명한 물방울들이 매달릴 힘을 잃고 산산이 땅으로 떨어져 버려지고 사라진다. 각 물방울 안에는 거울이 있고, 각 거울 안에는 하나의 고독한 세계가 있다. 상크타마리아 아래 해변을 따라 부서지는 파도 속을 걷는 환자들, 병원 부지 끄트머리의 묘비 없는 무덤, 일가 친척 하나 없이 소위 '광인들의 성'에서 나와 의대생들의 해부대 위에 놓이는 결말을 맞고서 포름알데히드로 가득찬 시멘트 탱크 속을 떠다니는 망자들, 베콤베리아로 가는 다리 위 구급차 안에 있는 짐, 빛바랜 페티코트를 입고 6호실의 침침한 불빛 속에서 춤추며 뒤로 나아가는 사비나. 고통스러운 일이 아니다. 그저 특별히 선명하게 떠오르는 상황일 뿐이다. 창밖 나무둥치의 무늬는 돋보기를 들고 보는 것만치 뚜렷하다.

"정말 이 모든 걸 두고 떠나고 싶었던 거예요, 짐?" 나는 묻는다. "죽고 싶었느냐는 뜻이에요. 정말로 그러고 싶었어요?"

"그랬던 것 같아. 아무것도 남아 있지 않다고 생각했어."

"하지만……"

"야키, 그건 그렇게 나쁘지 않아. 가끔은 그저 아무것도 남은 게 없을 때도 있는 거야."

"집에 오고 싶지 않아요?'

"난 벌써 집에 있는걸."

내가 열네 살 생일을 맞은 느지막한 봄에 갔던 면회에서 짐은 스토라 만스 근처 자작나무 아래의 작은 비탈에 자리를 잡고 사람들을 즐겁게 해주고 있다. 봄의 첫 흰나비들이 기다란 풀잎들 사이를 이리저리 날고, 저멀리 작은 병동 근처 자작나무 옆에서 그가 직원들, 환자들, 친척들에 둘러싸여 이야기하고 노래하는 소리가 들린다. 우리는 화관처럼 드리운 나뭇잎 아래로 천천히 다가간다. 여름의 온기에도 로네는 여전히 외투와 부츠 차림이고, 새들은 나무 사이에서 미친듯 지저귄다. 새들의 커다란 울음소리에는 짙은 고통이 배어 있다. 짐은 늘 심연 위를 떠다녔다. 미소를 띠고 술에 취한 채, 전혀 굴하지 않고 늘 사람들을 웃겼다. 그건 그가 우리에게 주는 선물이다.

사람들이 그를 여기로 데려왔을 때는 밤이었을 것이다. 그는 공항 방향 고속도로 옆 눈 속에서 발견되었다. 사바트스베리병원에서 위세척을 받은 후 베콤베리아로 이송되었다. 그보다 몇 시간 전에 그는 노르툴의 호텔에 체크인했고, 거기서 가진 수면제를 죄다 입안에 털어넣고 브랜디 한 병으로 넘겨버렸다. 그런 다음 고속도로로 나가 아무 비행기나 타겠다는 목표로 공항 방향으로 걸었다. 어디든 상관없었다. 파리, 상트페테르부르크, 모스크바. 목적지에 도착했을 즈음에는 죽어 있을 것이었다. 하지만 그렇게 멀리까지 가지 못했다. 호텔에서 몇백 미터 못 가 바람에 날려 쌓인 눈더미에 쓰러져 잠들어버렸다.

길옆에 쓰러진 짐의 의식 없는 몸을 노리는 맹금들과 소나무의 검은 우듬지 사이로 천천히 사라지는 하늘의 마지막 한 자락이 눈앞에 보이는 듯하다. 저멀리 사이렌소리, 나무굽 슬리퍼 소리, 열쇠 소리, 그가 환하게 불을 밝힌 복도를 지나 황급히 실려가고 그 뒤로 문이 쾅 닫히는 소리. 곧이어 스톡홀름 외곽 베콤베리아 거리의 오래된 핏빛 병원 건물 바깥으로 밀려나오는 거대한 어둠.

그리고 오래전, 또다른 시절, 우리가 아직도 여기 스토라 만스 근처의 무성한 자작나무 아래 서 있었을 때 이런 질문을 했던 사람도 나였으리라.

"지미?"

"응?"

"그때 이 세상에 지미를 붙잡아놓을 수 있는 게 없었나요?"

"뭐가 있을 수 있었을까?"

"모르겠어요…… 어쩌면, 나라든가……"

"이걸 기억해라, 야키." 짐은 웃으며 말했다. "다른 사람들을 행복하게 하는 것들이 나를 행복하게 한 적은 없었어. 너는 언제나 자유로웠다. 넌 아버지가 필요한 적이 없었고, 남편도 필요없을 거야."

그는 옆에 빈병 몇 개를 늘어놓고 왕립도서관 잔디밭에 누워 잠들어 있었다. 처음 보는 저먼셰퍼드 한 마리가 그의 옆에 앉아 있었다. 처음에는 그가 죽은 줄 알았다. 그 정도로 깊이 잠들어 있었다. 나는 그의 옆에 웅크리고 앉았고, 잠시 후 연약한 피부 안쪽에 작은 도마뱀이 갇힌 것처럼 목에서 희미하게 뛰는 맥을 볼 수 있었다. 개가 혹시라도 덤벼들까 무서웠지만, 개는 내가 거기 있는 것도 모르는 양 아주 얌전히 앉아 있었다. 병들 옆에는 책이 한 권 펼쳐져 있었고, 그중 몇 줄에 시선이 갔다. 한 인간을 해롭게 하는 것은 죄악이다. 영원의 빛은 마침내 꺼지리라. 사랑은 부자연스러운 것이다. 개는 여전히 꼼짝도 하지 않은 채 앉아서 공원을 살폈다. 아마도 나는 잠을 깨웠어야 했을 것이다. 하지만 차마 그러지 못해서 그저 멀찍이 떨어진 공원 벤치에 앉아 기다렸다. 어두워질 때까지 거기 그대로 있었다. 몇 시간 후, 그가 일어서서 주위를 둘러보았다. 그러고는 병과 신문을 집어들고 성큼성큼 걸어가버렸다. 내가 앉아 있는 벤치를 아주 가까이 스쳐지나갔기에, 나는 그의 냄새까지도 맡을 수 있었지만 그는 나를 보지 못했다. 그가 병원에 입원하기 전 내가 마지막으로 본 모습이었다.

마지막 환자
(여전히 빛을 받으며)

퇴원하기 전에는 꼭대기층에 있는 주치의와 면담을 한번 더 해야 한다. 야노브시 박사는 벌써 짐 상자가 가득한 진료실로 가는 중이다. 이제 그의 생각은 쿵스홀멘섬의 새 진료실에 다다랐다. 새들과 같은 높이에 있는, 시청이 한눈에 내려다보이는 방이다. 올로프는 여행가방을 꽉 붙들고 앉아 창문을 내다본다. 그의 물건은 몇 개 없다. 지갑, 독서용 안경, 약, 잠옷, 정장, 그리고 오래전 주치의 하랄드 라베가 주었던 백과사전. 옆의 바닥에는 지구본이 있다. 그의 카디건은 단추가 몇 개 떨어졌고, 몇 사이즈 작다. 노인의 손은 무릎 위에 얹혀 있다.

"안 오시는 게 아닐까 생각했는데." 그가 말한다.

"시간 약속을 했잖아요."

"그랬죠. 난…… 저기 시계가 세시 반에 멈춰 있어요. 한밤에 대부분의 사람들이 죽는 시간이죠. 아버지가 오후에 돌아가시기는 했지만. 두시였어요. 난 그다음날에야 알았습니다."

"기억이 나요, 올로프. 무척 슬퍼했죠."

"그랬죠."

"싸움을 벌였죠."

"그랬어요."

"그러다 그만뒀고요."

올로프는 눈을 크게 뜨고 의사를 바라보았다.

"내가 밖에 나가도 괜찮을 거라 생각하세요?"

"네, 그렇게 생각합니다."

"정말로요?"

"그래요. 난 올로프에게 큰 희망을 걸고 있어요. 언제나 걸었죠. 알잖아요."

"나 자신에게 아무 희망이 없었을 때는 박사님이 내 희망이라고 하셨죠."

"그랬죠. 지금까지 그랬고요. 이제는 당신이 스스로 희망을 지녀야 할 때입니다. 올로프."

"차라리 여기 있고 싶어요."

"어째서요?"

"친구들이 여기 있잖아요."

"올로프……"

"하지만 다른 친구들이 없는걸요. 그리고 야노브시 박사님 당신이 내 친구죠. 내 친구라고 박사님이 그랬잖아요."

"난 당신 친구예요. 하지만 그렇다고 해서 우리가 다시 만나게 될 거라는 뜻은 아니에요. 올로프는 바깥에 나가서 진짜 친구를 사귈 테니까."

올로프는 눈물을 글썽이며 다시 창밖을 바라보았다.

"난 그렇게 생각 안 해요. 하지만 언제든 원할 때 꽃을 딸 수 있다는 건 좋겠죠. 하가공원과 게르데트광장, 릴얀스코겐공원에 갈 거예요."

"그것 말고는요?"

"복권에 당첨될지도 모르죠."

1986년 3월,
스토라 만스

시계탑공원은 황량하다. 희미한 목소리들이 진료실 바깥에서 들려오고, 사람들이 복도를 지나다닌다. 짐이 입은 담배색 셔츠 위에는 오래된 햇빛의 잔해가 남아 어른거린다. 병원 시계 옆방, 그는 에드바르드 반대편에 앉아 있다. 거인의 몸안에 들어앉아 있는 것만 같다. 철의 심장이 바로 옆에서 낯설게, 위협적인 박동으로 뛰고 있다. 매일 아침, 가슴속 거대한 낙담이 황무지처럼 뻗어간다. 그의 안에서 태양이 불타오르고, 피는 혈관을 달리며 따뜻한 브랜디를 달라고 외친다. 기록은 이렇게 남아 있다. 차림이 단정하고 표정은 다소 초췌하다. 평생 무척 긴장하고 초조하게 살아왔다.

에드바르드의 눈은 내면의 기민하고 끈질긴 영민함으로 형형하다. 마치 자신의 피부를 엑스레이처럼 뚫고 들어와 흉곽과 그 안에 그림자처럼 매달려 있는 심장까지 모든 걸 비춰버릴 것 같은 눈빛에 짐은 무력감을 느낀다.

"이 모든 것 뒤에 깔린 이데올로기는 뭡니까?"

짐은 그 질문으로 돌아간다. 매일 그는 에드바르드를 만나러 계단을 여러 개 올라 이 병원 뒤에 깔린 사상, 근본 이론을 묻는다.

"이데올로기는 없어요, 짐. 이제 그런 생각은 그만둬요."

에드바르드는 안경을 벗어 책상 위에 올려놓았고, 햇살이 안경을 투과해 빛난다. 책상 위에는 전부 동시에 읽고 있었던 듯 펼쳐진 고서들과 서류더미가 어지러이 흩어져 있다. 그의 손은 창백하고 군데군데 주근깨가 박혀 있다.

"그래, 딸이 있다고요?"

"네."

그는 잠시 안경을 도로 쓴다. 안경은 무테로, 그의 눈을 보호하는 얇은 렌즈뿐이다.

"입원했을 때는 아이가 없다고 했었는데요."

"내가 그랬어요?"

"네, 내가 물어봤죠."

짐은 창밖을 내다본다. 우윳빛 하얀 하늘, 불타는 듯한 노란

줄 몇 가닥.

　"아이가 없는 기분이었어요. 모든 게 사라진 기분이었죠."

　"그럼 지금은요?"

　"지금은 모르겠습니다."

우리는 복도에서 짐을 기다린다. 벽은 수영장 안쪽처럼 녹색이고 모든 방에서 정사각형 빛이 흘러나온다. 저멀리서 들려오는 목소리, 벽을 기어가는 외로운 흑파리 한 마리. 간호사 한 명이 하얀 나무굽 슬리퍼를 신고 다가온다. 금발 머리카락은 땋아 등뒤로 늘어뜨렸다. 명찰에 쓰인 이름은 잉에르 보겔이다. 간호사는 기다리면 곧 짐이 채비를 마치고 나온다고 말해준다. 마침내 짐이 처음 보는 셔츠와 헐렁한 바지를 입고 나타나자, 로네가 일어선다.

"안녕, 짐."

그는 마치 우리가 죽었다 살아나기라도 한 것처럼 빤히 바라본다. 그의 허리에는 커튼 끈 같은 황금색 띠가 둘러져 있다.

"왔네."

"그래." 로네가 부드럽게 말한다.

"당신을 다시는 못 볼 줄 알았어."

로네는 우리가 옵세르바토리에가탄의 집에 있는 여자에게서 받아 온 옷이 든 가방을 그에게 건넨다.

"당신이 어디 갔는지 안네가 궁금해하더라. 뭐라고 답해야 할지 몰라서. 그 방을 계속 빌릴지 알고 싶대. 우리한테 전화를 했어야지."

"당신이 어디 있는지 몰랐어."

"우린 모로코에 갔었어요." 내가 말했다.

"어디 있는지는 알았지만 전화번호가 없었어. 돌아올 거라고 생각도 못했고."

우리는 짐이 도시 위로 쉼없이 떨어지는 눈을 맞으며 그 겨울을 혼자 나도록 내버려둔 채 떠나지 말아야 했지만, 로네는 이제 혼자가 되고 싶어한다. 그리고 로네는 처음으로 여행할 만한 여유가 생겼다. 짐이 더이상 우리 돈을 모두 써버리지 않기 때문이다.

"종일 뭐해요?" 내가 묻는다.

"쉬어. 체스도 하고. 의사와 얘기도 해. 그리고 여기 내가 좋아하는 여자가 있어. 사비나."

로네는 복도에서 다리를 펴고 스트레칭을 하겠다고 나갔다. 나는 그의 침대 발치에 앉는다. 가장자리에 걸터앉으니 발이 바닥에 닿는다. 약품 카트가 바깥에서 덜그덕대며 지나간다. 잉에르 보겔이 의료용 작은 플라스틱컵이 놓인 쟁반을 들고 병실을 왔다갔다한다. 나무굽 슬리퍼를 신은 가냘프고 천사 같은 사람. 짐은 컵에 든 것을 훌쩍 삼키고 도로 쟁반에 올려둔다.

　"밖에 나갈 순 없어요?" 나는 바깥의 둥둥 떠가는 구름을 바라보며 묻는다. 경계가 흐릿해진, 잘게 부서진 구름들. 창문에는 가는 철망이 거미줄처럼 유리판을 가로지른다. 처음에는 잘 보이지 않지만 자세히 보면 볼 수 있다. 그 유리창은 안에서는 깰 수 없다.

　"가끔 나가."

　"혼자서 나갈 수도 있어요?"

　"아니."

　나는 그를 바라보고, 그는 시선을 돌린다. 그의 눈은 내 눈처럼 진청색이다. 저멀리 세찬 비가 투두둑 떨어지는 소리가 점점 가까워진다. 하늘의 물기어린 회색 점막 위로 우둘투둘한 검은 선을 난사하는 것만 같다.

　"정말 우리가 돌아오지 않을 거라고 생각했어요?"

"그랬지."

"로네가 마음을 바꿀 수도 있었잖아요."

"그럴 거라고 생각 안 해. 내가 로네라도 안 그럴 테니까."

"돌아오는 거 말이에요?"

"나라도 날 사랑하지 않을 거야. 로네가 사랑하지 않는다 해도 이해할 수 있다."

그보다 며칠 전 짐은 전화를 걸어 자기가 병에 걸렸다고 말했다. 아파트 안에서 전화가 울렸을 땐 로네와 내가 공항에서 막 돌아와 집 현관문 앞에 서 있던 참이었다. 나는 환한 방들 사이를 뛰어가 수화기를 들고, 짐의 목소리가 내 머릿속으로 들어온다. 창밖에는 눈이 떨어지고 그래서 짐의 목소리가 달라졌으리라 나는 생각한다. 어딘가 땅속 깊은 곳에 있는 사람의 목소리처럼 들리기 때문이다. 아니, 어쩌면 전화선이 눈의 무게에 짓눌린 것뿐인지도 모른다. 통화하는 동안 그는 추워하는 듯하고, 나는 지난 몇 주 동안 헤엄치며 조개와 불가사리를 찾던 따뜻한 황금빛 바다를 떠올린다. 아직도 그 태양이, 파도를 타고 오르내리며 나를 다시 심연으로 끌어들이려던 태양이 몸안에서 박동하는 듯하다. 그곳에서라면 영원히 떠다닐 수도 있을 것 같았다.

대체로 침묵으로 이루어진 통화중 간간이 구멍에 동전을 딸깍 넣는 소리가 들린다. "짐이 있는 곳에도 눈이 와요?" 내가 마침내 묻는다.

"모르겠어." 짐이 말한다. "난 복도에 서 있고, 여긴 창문이 없어. 그렇지만 네가 다녀간 후로 눈이 그친 적은 없다."

"무슨 병에 걸린 거예요?" 내가 수화기의 따뜻한 송화구에 대고 묻는다.

"내 날개가 너무 크게 자라서 이젠 날 수 없대."

"그게 무슨 뜻이에요?"

"나도 잘 모르겠어." 짐은 말한다. "의사가 오면 물어볼게. 그런데 아마 한동안은 여기 있을 것 같아."

"어디에 있는 건데요?"

"베콤베리아에. 거기가 어떤 덴지 아니?"

"네, 아는 것 같아요." 내 몸안의 무언가 차가운 것이 갈비뼈를 쓸어내는 것만 같다.

"로네 좀 바꿔줄래?"

"네."

나는 한참 수화기를 심장에 대고 있다가 팔에 외투를 걸친 채 내 앞에 서 있는 로네에게 건네고, 그녀가 통화하는 동안 그 얼굴을 쳐다본다. 로네가 창문을 열어놓아 얼음 같은 바깥바람이 방안으로 흘러들고 퀼트 재킷을 입은 나도 오한을 느낀다. 잠시 후 보니 눈 묻은 내 부츠 주위로 작은 물웅덩이가 생겼다. 로네는 수화기를 귀에 바짝 갖다대고 이야기를 들으며 이상하리만큼 공허한 미소를 띠고 창밖을 바라본다.

로네는 며칠 내내 해변 맨 위에 깔아놓은 자리에 누워 있었다. 높다란 풀이 건조하게 금이 간 아스팔트와 만나는 곳이었다. 로네는 책에 깊이 빠져 있었고, 그녀가 더위 속에서 잠이 들면 바람은 잠시 책장을 넘기곤 해변 너머로 옮겨갔다. 굶주리고 깡마른 길 잃은 개가 해안에 밀려온 물고기와 쓰레기를 찾아 물가를 어슬렁거렸다. 밤에는 별들이 빛났다. 어느 날 아침에는 검은 새끼 고양이가 해변에 떠다녔다. 이따금 나는 발코니에 앉아 저멀리 칠흑 같은 산을 내다보며 우리가 여기 영원히 머무를 수 있을지 생각했다. 천장 선풍기 아래 누워 졸고 회교 사원 첨탑에서 새벽을 알리는 소리를 들으면서 말이다. 짐이 우리와 함께 있었다면 모든 게 완전히 달랐으리라.

파도가 쓸려가면 모래밭에 드러나는 돌들이 로네의 등에 있는 점과 비슷했다. 누군가 그녀의 어깨 너머로 검은 물감에 담갔던 붓을 흔든 것 같았다. 검은 태양이 그녀의 몸을 비추기라도 한 듯한, 지난 세월만큼의 흔적. 로네는 얼굴이 타서 갈색이 되고 피부가 점점 믿기 어려울 만큼 매끈하고 부드러워질 때까지 발코니에 앉아 있었다. 나는 몸에 얼룩은 거의 없고 여기저기 주근깨가 자잘하게 깔려 있을 뿐이었다. 나는 어느 모로 보나 로네를 닮지 않았다. 거울에 비친 내 모습을 들여다보면 보이는 건 거의 그의 얼굴이었다. 짐의 얼굴. 가느다란 진청색 두 눈, 변덕, 공허.

그보다 몇 달 전 우리는 캄마카르가탄을 걷다 텡네르룬덴공원을 지나 옵세르바토리에가탄을 따라 좀더 걸었다. 짐이 이제 살게 될 곳이었다. 로네가 짐에게 나가달라고 했다. 주위에 물안개가 어려 있었고 스푀크파르켄공원, 일명 '유령 씌인 공원'의 나무들은 거의 헐벗은 채로 서 있었다. 나는 로네의 손을 잡았다. 우리는 여행가방을 든 짐과 함께 옵세르바토리에가탄의 작은 방까지 갔다. 그는 문간에 서서 이제 떠나려는 우리를 바라보았다. 그와 로네는 작별의 술을 나눠 마셨다. 쓸개즙처럼 까만 럼이었다. 문틀에 기대선 그는 그림자 같았다.

"가지 마, 로네. 나를 떠나지 마. 난 이런 일 감당할 수 없어."

하지만 우리는 떠났다. 우리는 드로트닝가탄을 따라 걸었다.

머리 위로 크리스마스 조명들이 수천 개의 별처럼 반짝였다.

학교가 끝나고 짐을 만나러 옵세르바토리에가탄에가보니, 그는 블라인드를 내리고 소파 침대에 누워 있었다. 침침한 빛이 블라인드 틈새를 지나 방안으로 들어왔고 그는 모든 것을 잊었다. 나를 보긴 했으나 그 무엇도 보고 있지 않았다.

"네 아름다운 어머니는 어쨌니? 너도 나처럼 그 여자를 잃어버렸니?"

짐은 마치 빛이 존재한다는 사실을 잊은 것 같았다. 더이상 전등을 켜지 않았고 블라인드는 언제고 내려져 있었다. 그의 삶의 빛이었던 여자가 떠나버린 것이다. 나는 짐의 옆에 앉아 사라져가는 해를 바라보았다. 해는 너무나 빨리 졌다. 한순간 도시 위로 햇빛이 깔렸다가 그 심장부가 빛나더니 곧이어 자루 속에 처박힌 듯 캄캄해졌다.

짐은 이사 나간 후에도 주기적으로 작은 가방을 들고 와서 밤을 보낸다. 그러고 난 아침이면 로네와 나는 어둠 속에서 서두르면서, 더블베드에 누워 잠든 그를 두고 나간다. 시트 속에 누운 그의 주변에는 버려진 무언가의 냄새가 감돈다. 땅과 유기의 냄새, 외로움의 냄새. 한두 달이 지나자 그는 더이상 오지 않고, 나

는 옵세르바토리에가탄 집에 가서 초인종을 누르지만 그는 답이
없다.

그는 그녀의 외투에 머리를 묻고 그녀는 그의 머리카락을 쓰다듬는다. 감지 않은 억센 머리카락에서 날 법한 익숙하지 않은 냄새가 난다. 약과 병원의 희미한 흔적, 곪아터진 붕대와 영안실과 비누의 탁하고 퀴퀴하고 하얀 냄새.

"이제 가봐야겠다." 로네가 상냥하게 말한다.

마침내 짐은 로네를 바라본다. 침침한 빛 속에서 그의 눈은 연한 푸른색이다.

"나랑 같이 있어, 여보."

"같이 있을 수 없어."

"잠깐만 더. 내 옆에 앉아."

"정말 가봐야 해."

"그럼 왜 온 거야?"

"당신이 와달라고 했으니까."

"그래서 나를 위해 온 게 아니라고?"

"잘 모르겠어, 짐. 당신이 나를 필요로 해서 왔어."

"하지만 내가 당신을 필요로 하지 않았다면? 나를 위해서 오지 않았을 거야?"

"그게 뭐가 중요해? 왔잖아, 아니야? 다른 사람은 안 왔고. 나밖에 없었잖아. 야키랑."

갑자기 하얀 새 한 마리가 바깥 복도를 날아간다. 바닷새, 혹은 맹금류일지도 모른다. 새는 커다랗고 희며 환하게 빛나고 나는 미래를 생각한다. 복도로 뛰어나가보니 새는 저멀리 계단을 따라 올라 사라져버리고 만다.

베콤베리아에서 첫번째 면회를 마치고 집에 돌아오는 버스 안에서 로네와 나는 뒤죽박죽 기나긴 꿈에서 막 깨어난 사람들처럼 서로를 바라보았다. 로네의 붉은빛이 도는 금발은 헝클어져 있었고, 활기 없는 공장의 풍경이 바깥을 빠르게 스쳐지나갔다. 짐에게서 온 그 첫번째 전화 이후로 면회에 대해서 이야기를 나눈 적은 없는 듯하다. 우리는 거기까지 버스를 타고 가서 병동에 몇 시간 앉아 있다가 다시 버스를 타고 도시로 돌아왔다. 돌아왔을 즈음 캄마카르가탄은 어스름에 잠겨 있었고, 하늘에는 차가운 하얀 태양이 낮게 걸려 있었다. 로네는 책 한 권을 들고 소파에 누웠다. 봄이 오자 로네는 더이상 면회를 가고 싶지 않다고 했고, 나는 혼자 다니기 시작했다. 로네는 내가 하고자 하는 일을 못하게 말린 적이 없었다. 나는 언제든 내가 필요로 하는 자유를 누렸다.

지도
(슬픔의 건축)

차들이 간간이 달려갈 뿐인 길게 뻗은 비둘기색 좁은 길은 브롬마교회와 그 옆의 주택단지를 지난다. 작은 상점과 학교를 지나면 넓게 펼쳐진 들판과 숲이 나온다. 라임나무가 늘어선 대로는 병원 본관으로 이어지고, 건물들은 직사각형 뜰을 에워싸고 있다. 시계탑 건물, 즉 원무과가 그곳의 심장이다. 그 양옆으로 각각 거대한 별관이 있는데, 남자 병동인 스토라 만스와 여자 병동인 스토라 크빈스이다. 시계탑 반대편은 주방동이다. 병원을 에워싼 아름다운 공원 둘레에는 몇 미터 높이의 울타리를 쳤다. 건물들로 들어가려면 북문이나 남문의 경비실을 지나야 한다. 깔끔하게 가지치기한 마가목, 장미 덤불, 세계의 반대편에서 온 묘목들. 경비실과 벽, 모든 것이 완벽한 대칭이다. 부지 전체에

독방 감금 건물과 직원 숙소가 흩어져 있다. 제일 큰 별관 두 채에는 사백 명이 넘는 환자를 수용할 수 있다. 몇몇은 1인실을 쓰지만, 나머지는 감독관이 있는 8~10인실을 쓴다.

결국에는 유럽 최대의 정신병원이 되어버린 이 건물 뒤에는 칼 E. 베스트만이라는 건축가가 있다. 의학위원회에 보관된 도면을 보면, 일상에서 벗어난 사람에게 필요한 모든 것을 갖춘 도시 외곽 작은 마을의 발달 과정이 그려져 있다. 흐릿한 저녁 햇빛이 도면 위로 떨어지는 동안, 가느다란 연필선이 그가 머릿속으로 그려낸 건물들의 모습으로 천천히 자라난다. 그는 베콤베리아의 전면은 차분한 색으로 하겠다고 결심했다. 엉겨붙은 피나 황혼의 희붐한 빛처럼 보이는 녹슨 적색. 그곳에는 언제나 햇빛이 내리쬘 것이다.

1927년 초여름, 시는 베콤베리아의 릴라 엥비 지역을 크누트 융뢰프라는 담배 재벌에게서 매입했고, 1929년 봄 스톡홀름 서쪽에서 공사가 시작된다. 그 땅은 주로 숲과 개벌된 지역이었다. 근처에는 퀴르크셴이라는 작은 호수와 갈색 물이 고인 유다른호수가 있었다. 1931년 여름, 베콤베리아 병원의 골조가 땅에서 솟아나기 시작했다.

의학위원회 재임중 칼 E. 베스트만은 정신병원 세 곳을 설계하고 건축했다. 헬싱보리의 상크타마리아, 스톡홀름의 베콤베리아, 우메오의 우메달렌. 상크타마리아의 해안을 늘 쿵쿵 내려치는 바다, 파도의 포효와 소금냄새, 늘 맴도는 바닷새들을 제외하면 병원들은 모두 닮았다. 길게 뻗은 안뜰 가장자리를 따라 늘어선 막사 같은 건물들. 단순하고 점잖은 색을 칠한 전면과 그 위의 가파르게 솟은 지붕들. 창문은 철창으로 막혀 있지만 베스트만은 그조차도 자연스럽게, 스타일의 일부로 보이게 설치했다. 밖에서는 철창의 존재를 알아차리기까지 한참이 걸린다. 건축원칙은 경제성, 금욕, 엄격함, 간결함이다. 설계에 병원이 충족할 수 없는 기대를 불러일으킬 의도는 없다. 거창하지만 허례가 없고, 장대하지만 수수하다. 내부에는 다인실과 휴게실로 이어지는 너른 복도가 있어 감시가 용이하다. 방마다 녹청색으로 칠했고, 수많은 창문에서는 어느 각도에서 봐도 똑같은 풍경이 보인다. 반대편 건물이 하늘을 거의 가리고, 가끔 줄지어 날아가는 새떼나 조명, 저 아래 뜰의 막사만 보일 뿐이다. 뜰에는 그늘도 쉴 곳도 없어서 건물 안의 수없이 많은 눈을 피할 수 없다. 그 앞의 나무와 덤불이 다 자랄 때까지 그 거대한 건축물들이 환자들과 면회객들에게 얼마나 압도적이었을까 하는 생각이 스친다.

짐이 입원했던 시기에 병원 근처 일대에는 건물이 거의 없었다. 울타리 너머는 주로 숲과 들판이었다. 환자들은 늘 도시공동체에서 떨어져서 거리를 유지했고, 거대한 정신병원 둘레에는 원형의 적막이 깔리곤 했다. 하지만 시간이 흐르면서 도시가 슬금슬금 가까이 다가왔다. 개원하고 몇 년이 지나자 노라 엥비 주거지역이 남문에서 바로 넘어지면 코 닿을 데에 조성되었고, 곧 베란다가 딸린 집들과 가게들이 병원 건물과 어깨를 나란히 하며 줄줄이 들어섰다. 30년대 초에는 베콤베리아병원 가까이 브롬마공항이 지어지면서 비행기가 이착륙하는 장면, 그 나타나자마자 사라지는 자유의 이미지가 병원 전경의 특색이 되었다.

세기가 바뀌면서 정신병원 입원환자 수가 늘어났다. 그에 따라 의학위원회는 스웨덴에 새 병원을 여럿 지었다. 스톡홀름에는 베콤베리아와 롱브로, 헬싱보리에는 상크타마리아, 예테보리에는 릴하겐, 비스뷔에는 상크트올로프, 우메달렌, 시드셴, 세테르, 상크타예르트루드, 순드뷔와 콘라스베리. 애칭으로 '광인들의 성'이라고 알려진 곳들이었다. 몇몇 사람들은 정신질환자의 증가는 단순히 시민을 대상으로 한 국가 통제의 증거일 뿐이며, 정신질환 진단은 바람직하지 못한 행동을 설명하는 가설에 지나지 않는다고 주장한다. 어떤 사람들은 교외에서 도시로의 이주 현상 때문에 환자들이 병원 밖에서 살아가기가 더 힘들어졌고, 이것이 매독과 치매 환자의 급증이라는 난국을 낳았다고 말한다. 도시의 정신질환자는 더 취약하고 고립되어 있었다. 어쨌든 한때 광증이라고 이름 붙여진 증상의 정의가 점점 넓어진 것만은 분명했다. 1900년 말경 대형 정신병원에 수용된 사람은 사천사백 명 정도였다. 오십 년 후에는 그 숫자가 삼만 삼천 명까지 증가했다.

출입문 위, 건물 전면의 시선이 닿지 않는 곳에는 병원에 관한 설명이 관련 기관명 및 법령과 함께 흑연석 현판 위에 금색 글씨로 새겨져 있다. 1925년 국가와 스톡홀름시의 협의에 따라 시에서 정신질환자들의 치료를 맡았다. 이러한 목적을 수행하고자 1929년 시의회는 베콤베리아병원의 건축 결정을 내렸고, 1932년에서 1933년에 걸쳐 이 병원이 개원하였다. 이 시기에는 유토피아적 분위기가 흐르고, 이 황금 글자의 설명에는 한때 새 병원―이 장대하고 위엄 있는 복지 건축물―에 걸었던 모든 희망이 담겨 있다. 도시의 병자는 아무 부족함이 없는 새집을 얻게 될 것이다. '광기를 만난' 불우한 이들은 마침내 보살핌을 받을 것이다. 황금 글자 안에 완전히 다른 종류의 병원이 생긴다는 희망찬 꿈이 언뜻 보였다. 그 꿈은 여전히 존재한다. 그 누구도 배제되지 않는 새로운 세계, 질서와 보살핌이 만연한 곳, 그 누구도 어떻게 처리해야 할지 몰랐던 인간쓰레기들, 수 세기 동안 지하 우리 속에 갇혀 살아온 쓸모없고 그 누구도 원하지 않는 인간들을 이제 환한 빛 속으로 데리고 나와 씻기고 줄무늬 환자복으로 갈아입힐 수 있는 곳.

이 병원을 우리 인간이 서로에게 해줄 수 없었던 모든 일을 해주는 완벽한 장소라고 이상화하기란 쉽다. 하지만 또한 두려움직하기도 하다. 이 병원은 실패, 나약, 고독 같은 우리 안의 불완전성을 나타내기도 했으므로.

마지막 환자
(여전히 빛을 받으며)

야노브시 박사가 의료기록을 넘기고, 올로프는 두 손을 맞잡아 비튼다. 그보다는 덩치가 더 큰 남자에게 어울릴 법한 거대한 손이다.

"궁금한 건 뭐든 물어봐요, 올로프."

"내가 여기 얼마나 있었죠?"

"당신은 여기 육십삼 년 있었어요. 1932년에 처음 왔죠. 가을에."

조심스러운 미소가 그의 얼굴에 퍼져나간다.

"끔찍하도록 긴 시간이네요."

"그래요. 이제 당신도 늙었죠."

"1954년 새해 전야에 회관에 모여서 춤췄던 기억이 나요. 유시 비에를링이 그날 밤 노래를 불렀죠. 내 춤 상대는 한나 요한 손이라는 여자였는데, 간호사복도 안 입고 신발도 벗고 안경도 쓰지 않은 채 춤을 췄어요. 우리는 새벽까지 예배당에 있었죠. 유시 비에를링은 그전 봄에 퇴원했지만, 우릴 위해 노래하러 다시 온 거였어요. 한나 요한손은 1971년에 삶을 마쳤죠."

"내가 오기 전이군요. 그날 밤 나도 근처에 있었더라면 좋았을걸."

올로프는 재빨리 미소를 거두며 목소리를 낮췄다.

"지금 바깥엔 뭐가 있나요?"

"완전히 다른 신세계가 있죠. 알겠지만, 차 조심해요. 그냥 도로로 막 걸어들어가면 안 돼요."

그는 무릎 위에 놓인 커다란 손을 내려다본다.

"가끔 어머니가 내 꿈에 나온다는 거 알아요? 어머니는 꿈에서만 나타나지, 다른 곳에서는 볼 수 없어요. 어째서 주님은 내게 그런 꿈을 내려보낸 걸까요?"

"어째서 주님이 그런 꿈을 내려보냈다고 생각해요?"

"나도 몰라요. 하지만 세상의 종말이 오면 어머니가 내게 돌아오겠죠."

"정말 그렇게 믿나요?"

올로프는 또 한번 자신 없는 미소를 짓는다. 창백한 빛이 그의 얼굴에 번진다.

"그래요. 난 늘 기적을 기다리죠. 신의 개입을."

그가 두 손을 들어 허공에 조심스럽게 선을 그리며 말을 잇는다.

"병원을 스케치해보려고 했는데 어렵더라고요. 실상 바깥에서 어떻게 보이는지는 모르니까요. 건물들이 어떻게 연결되었는지도 모르고. 여기 이런 창문들이 있고, 저기 운동장이 있고, 예배당으로 향하는 길이 있다는 건 알죠. 그게 내 머릿속에 있는 것보다 크다는 건 알지만, 현실과 맞아떨어지는 스케치는 할 수 없을 거예요."

"현실이 뭐라고 생각합니까?"

"내가 찾아야 하는 거죠. 하지만 두려워요."

"뭐가 두렵죠?"

"저기 바깥의 사람들은 나를 좋아하지 않을 거란 사실."

풍경

개울이 베콤베리아의 숲을 관통해 흐르고, 눈부신 봄비가 내리고 나면 불어난 물에 모든 것이 쓸려 간다. 에드바르드는 창가에 서서 공원을 살핀다. 거기에는 아무도 없다. 보이지 않는 손이 쓰다듬듯 산들거리는 바람이 나무 우듬지를 건드린다. 환자들은 모두 식당에 앉아 있지만 짐은 토론시간이 끝나고 뒤에 남았다.

"집에 가고 싶습니다."

"집에 가면 어떨 거라고 생각하는데요?"

"모르겠습니다. 생각해본 적은 없어요. 어딜 가든 자기 불행을 갖고 다니겠죠."

"이제 로네가 있는 집에는 갈 수 없어요."

"알아요."

"어디서 살려고요?"

"모르겠어요. 호텔에 가겠죠. 당분간. 임시로요."

"그다음에는요?"

"그다음이라뇨? 모르죠. 다시 술을 마시겠죠."

"그러면 어떨 거 같습니까, 당신 생각에는?"

짐은 환하게 미소 짓는다.

"내 생각이 알고 싶습니까?"

"네."

"멋질 것 같아요. 여기 오기 전에 나는 술을 마시다 죽어버리기로 결심했죠. 그게 빠를 것 같았거든요."

오후에 그는 잉에르 보겔을 따라 약제실로 간다. 그는 그곳에 있는 걸 좋아한다. 그 안에 보관하는 알약이 없다면 그의 영혼은 소멸되어버리리라. 안으로 들어가자마자 잉에르는 나무굽 슬리퍼를 벗고 하얀 간호사복을 골반 위로 끌어올린다.

"약장을 열어." 뒤통수에 풍성하게 틀어올린 잉에르의 머리를 풀면서 그가 말한다.

"내가 왜 약장을 열어야 하는데?"

"당신은 날 사랑하니까. 나한테 제일 좋은 걸 주고 싶으니까.

진짜 사랑이 뭔지 아니까."

그들이 거기 서 있는 동안 간호사복에 먹인 풀 냄새가 장뇌樟腦 및 모르핀 냄새와 뒤섞이고, 욕망과 절제의 전류가 차오른다. 그러는 내내 잉에르 보겔은 한 손을 문손잡이에 올리고 있다. 자물쇠에 꽂힌 열쇠의 진동을 느끼기 위해서이다.

"내가?"

"그래, 그러니 지금 해."

최면에 빠진 사람처럼 잉에르는 약장을 열고 개기일식을 닮은 갈색 액체가 담긴 작은 약병을 꺼낸다. 마침내 그 약이 혈관에 들어가 신경계에 이르자, 그의 안에서 무언가가 마치 부채처럼 펼쳐진다. 밝음과 강렬함, 그리고 피부 아래에서 일어나는 옅고 화창한 물결. 잉에르 보겔의 관능적이고 아른거리는 눈은 더욱 파래지고 깊어진다. 바로 전까지만 해도 그의 손 아래에서 둔하고 축 늘어진 듯 느껴지던 그녀의 목과 겨드랑이 피부가 말랑말랑하게 살아난다.

"당신은 너무 아름다워, 잉에르." 그는 속삭인다. "너무 믿을 수 없을 만큼 아름다워."

비타는 창가에 서 있다. 그녀의 얼굴은 그늘에 가렸고 등에는 빛이 비친다. 첫 새벽빛이 블라인드 사이로 새어들어오고 이 세계에서 깨어 있는 사람은 짐뿐이다. 밤새 무슨 일이 있었든 태양은 언제나 그에게로 돌아온다. 비타는 이전과 똑같은 낡은 원피스를 입었다. 자개 단추가 달린 연청색 실크 원피스.

"지미, 난 마음을 바꿨어. 너에게 돌아가고 싶어."

짐은 이불로 몸을 더 꼭 감싼다.

"그럴 수는 없어요, 비타. 그건 이미 떠날 때 확실히 알았을 텐데요? 그게 아니면 떠나지 않았겠죠."

비타는 그에게서 등을 돌리고 블라인드 사이의 틈을 벌려 한 줄기 빛이 방안으로 쏟아져들어오게 한다.

"하지만 난 죽고 싶지 않았는걸. 그저 잠시 사라지고 싶었을 뿐이야."

"잠시라고요?"

"그래, 난 영원이 뭔지 이해하지 못했어."

"지금은 알겠네요."

"네가 없다는 게 어떤 건지 알지 못했어."

짐은 이불을 머리 위까지 덮어쓰고 따뜻한 어둠 속에 얼굴을 숨긴다.

"그 사람 오늘 안 내려올 거 같아." 로네는 책을 탁 덮으며 일어선다.

"왜 안 와요?"

"혼자 있고 싶을 테니까."

거리의 사람들은 눈물을 흘리며 걷고 있다. 지하에는 기이한 기운이 감돈다. 암살 현장에는 크리스마스로즈가 쌓여 언덕을 이뤘다. 올로프 팔메를 잃고 상실감을 느낀 사람은 짐만이 아니다.

"그 사람이 우리를 만나러 올 수 있을 것 같지 않아. 그 누구도 만날 수 없을 거야."

"로네는 만날 수 없을지도 모르죠." 나는 그렇게 말하고 다시 앉는다.

로네는 책을 읽을 때면 다른 사람이 된다. 몇 시간 동안이나 넋을 잃고, 온화해진다. 멀리서 보면 거대한 나비가 그녀의 무릎 위에 내려앉은 것만 같다. 언젠가 우리는 빈에 있는 나비전시관에 간 적이 있었다. 거대한 선명한 청록색 나비떼가 거대한 두 눈처럼 허공을 팔랑거리다 로네의 빨간 외투로 몰려들었다. 마치 로네의 아름다움, 내면의 소중한 것에 이끌려 어쩔 수 없다는 듯. 그녀는 거대한 황금색과 자주색 나비들을 향해 핸드백을 휘둘렀고 짐과 나는 그녀를 보고 웃었다. 우리가 기대한 건 비단같이 매끄러운 날개를 단 나비의 시체를 보는 것이었는데, 그런 일은 일어나지 않았다. 나는 43호실의 창문, 앞을 보지 못하는 은빛 눈을 올려다본다. 거기엔 아무도 없다.

　자작나무숲 사이로 나이든 여자들 무리가 지나간다. 그들은 길을 잃은 듯 이따금 발길을 멈추고 나무 우듬지 위를 올려다본다. 한 여자가 자작나무 한 그루를 흔들자, 서 있는 그들 위로 순간 황금비가 내린다.
　"왜 여기 올 때마다 그 모자를 쓰는 거니?"
　"마음에 안 들어요?"
　"마음에 들어. 하지만 그러면 네 아름다운 얼굴을 볼 수 없잖아."
　그 모자는 내 얼굴에 그림자를 드리우고 눈을 가린다. 이걸 쓰면 보호받는 기분이 든다. 이 모자를 산 가게의 남자 주인은 내가 바람이 통하지 않고 불빛도 늘 침침한 그 가게에 갈 때마다 사탕 줄까 하고 묻곤 했다. 드로트닝가탄의 가게 안에선 시간은 멈춘 듯하고 그가 파는 낡은 물건들은 바깥 세계와는 아무런 관련이 없어 보인다. 손님은 거의 없고, 혹시 누가 어쩌다 들어온다 해도 다시 허둥지둥 나가버린다. 주인이 깃털, 모자, 박제동물들과 별로 헤어질 마음이 없음을 감지하기 때문이다. 나는 호박색 눈을 깜박이지 않는 여우들과 새들 사이를 헤매고 다니거나 거대한 달마티안 도자기들 사이를 걷는 게 좋았다. 이따금 주인은 내게 자기 수집품 중 하나를 고를 수 있게 해준다. "진짜로 찾는 게 혹시 이거야, 참새 아가씨?" 보통 나는 오만하게 거절하지만 그 모자만은 거부할 수 없었다. 비록 그 모자가 좀이 슬고 불운의 냄새를 풍긴다고 해도.

짐의 얼굴은 하얗고, 잡아본 손바닥은 차갑고 젖어 있다. 그는 외투도 입지 않고 책상다리를 한 채로 지난해의 잔디 위에 앉아 있다.

"결국은 놈들이 그 사람을 죽였어." 그는 이 말을 하고 또 하며 목놓아 운다. "그놈들이 그를 죽일 줄 진즉에 알고 있었어."

우리는 몇 시간 동안 기다렸고, 마침내 그가 우리를 만나러 나와 잔디에 앉은 참이었다. 나는 그가 얼마나 슬픈지 이해한다. 전 세계가 지금 애도중이니까. 그러나 그가 울음을 멈추지 않자 나는 불안해진다. 결국 우리가 할 수 있는 일은 아무것도 없다.

"감기 걸리겠네." 로네가 말하며 그에게 한 손을 내민다. "이리 와서 우리 옆에 앉아."

나는 공원을 한 바퀴 돌고 오기로 한다. 공원 한가운데에는 예배당이 있다. 예배당의 선명한 녹색 현관에 대조되어 나의 손은 창백해 보이고, 열린 문 사이로 희미한 음악이 들린다. 예배당 안은 완전히 고요하다. 먼지 입자가 허공에 떠다니고 물방울무늬 치마를 입은 젊은 여자가 홀로 바닥에 누워 천장을 올려다보고 있다. 여자의 손가락 사이에 불붙인 담배가 끼워져 있다. 일그러진 천장 벽화에는 통통한 천사들이 서로 뒤엉켜 뒹굴고 있다. 가는 한줄기 빛이 바닥의 치마 입은 여자를 비춰 그녀 안에서 빛이 발하는 듯 보인다. 나는 오랫동안 그 자리에 서서 여자를 바라본다. 이따금 그녀는 천사 중 하나를 가리키는 듯 손을 들지만 이내 다시 바닥으로 떨군다. 밖으로 나오니 누군가 조기를 게양해놓았다.

짐은 로네의 무릎을 베고 벤치에 누워서 그녀를 올려다본다.
"난 극복할 거야, 그렇겠지, 로네? 우린 이걸 극복할 거야."
그는 태양을 보고 웃는다.
"죽은 사람은 내가 아니야. 당신도 아니지. 내가 여기 있어서 이상한 기분이 드는 것뿐이야. 바깥세상마저 무너지고 있는 느낌인 거지."

마지막 수업이 끝난 후에 나는 잠깐 담배를 피우러 텡네르룬덴공원으로 간다. 봄의 첫 햇살의 온기 속에 앉는다. 분홍색 속바지와 여우 목도리가 어느 작은 나무에 걸려 대롱거린다. 며칠이나 거기 걸려 있었다. 나무를 흔들자 여우 목도리가 눈 위로 떨어진다. 막대기로 속바지를 끌어내리려고 해보지만 너무 높이 걸려 있다.

　늙은 여자 하나가 멀지 않은 벤치에 자리를 잡고 앉아 있다. 어쩌면 나무에 걸려 있는 것들은 이 여자의 물건일지도 모른다.
　"할머니 거예요?" 나는 소리친다.
　벤치에서 곧 굴러떨어질 것처럼 이상하게 구부린 자세로 앉은 여자는 대답이 없다. 더 가까이 다가가서 보니 여자도 아닌 걸 알 수 있다. 그저 벤치 위에 버려진 모피코트일 뿐이었다. 코트를 들어 뺨에 갖다댄다. 실크처럼 매끄럽고 눈처럼 차가우며 은색 안감이 붙어 있다. 좀이 슨 냄새와 담배 냄새가 짙게 풍긴다.

가게에 가서 주인에게 감정을 맡긴다. 그의 손이 코트를 어루만지자 나는 한 마리 멋진 동물이 된 기분이다. 여우 목도리는 그에게 보여주지 않는다. 이전에 그의 가게에서 본 듯한 느낌이 들기 때문이다.

"저 고양이는 꽤 가격이 나가겠는데. 네가 이제 물렸으면 내가 기꺼이 살게."

그 순간부터 나는 그 옷을 줄곧 입고 다닌다. 학교 수업시간에도 입고 병원에 면회 갈 때도 입는다. 매일 오후 로네의 집에 가기 전에는 창고에 숨겨둔다.

"나 이제 나가요, 엄마." 나는 우울한 아파트 안을 향해 소리친다. 여우 목도리를 목에 두르고 신발을 신은 채로 현관에 서서 거울에 비친 내 모습을 응시한다. 거울에 비친 나는 실제보다 나이들어 보인다. 눈은 더 짙고 얼굴은 더 갸름해 보인다. 입은 마치 다른 여자아이의 것 같다. 로네가 나와서 뺨에 입을 맞추고 모자를 바로잡아준다. 그녀는 감상적이 되는 법이 없다. 내가 문밖에 나설 때쯤 그녀는 이미 책으로 돌아가 있다. 내가 돌아왔을 때도 부엌 탁자의 같은 자리에 그대로 앉아 책을 읽고 있다.

늙은 남자들이 불붙인 담배를 물고 딱히 뭘 기다리는 것도 아니면서 햇빛 속에 서 있다. 그들은 자신들의 상황을 겸허히 직면하며 병원 위로 낮게 지나가는 구름과 비행기를 올려다본다. 불평도 거의 없고 병원 규칙에 반대하지도 않으며, 심지어 사소한 규칙 위반 후에 에드바르드와 잉에르 보겔이 어딘가로 보내버려도 크게 반항하지 않는다. 처음에 나는 그들이 모든 얘기를 다 한다고 생각했다. 서로 비밀이 없다는 듯이. 그러나 얼마 후 그들이 늘 똑같은 얘기를 한다는 걸 깨닫는다. 반복적으로 얘기하는 일화 두세 가지뿐이다. 그들 중 다수가 이곳에 있는 이유는 술이고, 몇몇은 암페타민이나 모르핀 때문이다. 향수鄕愁라는 사치를 누릴 만한 여유가 없기에, 사라져버린 사람들을 그들이 그리워하는 일은 없다. 퇴원해서 떠난 사람들을 잊어버리는 데는 일 초도 걸리지 않는다. 떠난 이들은 그들이 이미 잃어버린 삶을 상기해줄 뿐이다. 스토라 만스의 늙은 남자들을 찾는 면회객은 거의 없다. 대부분 그곳에 너무 오래 있었던 터라 바깥에는 그들을 여전히 기억하는 이가 별로 없을 것이다. 그들보다 더 어린 남자들의 경우 이따끔 여자들이, 여자친구나 어머니가 초콜릿케이크와 신문을 들고 방문하곤 한다. 어떤 여자들은 뜨갯감을 들고 와서 면회시간 내내 바쁘게 손을 놀린다.

한 여자가 문간에 서서 우리를 본다. 예배당에서 본 여자다. 여자는 환자복 가운을 입었고 그 아래는 맨다리다. 가운 속으로 레이스 원피스 잠옷과 반짝이는 푸른 진주목걸이가 언뜻 보인다. 발에는 남성용 갈색 슬리퍼를 신고 있다. 나중에 나는 그녀를 발 끄는 소리로 알아보게 된다. 사비나 특유의 발 끄는 방식. 내가 고개를 드니 그녀가 미소에 가까운 표정을 띠고 우리를 본다. 여자가 방에 들어오자 짐은 멍한 상태에서 깨어나 누가 그의 안에 있는 전등이라도 켠 것처럼 얼굴이 환해진다.

"사비나, 여기 와서 야키에게 인사해."

"안녕, 야키. 모피코트 예쁘네."

사비나가 두 손으로 내 한 손을 잡는다. 축축하고 힘없는 손.

나중에 알게 된 사실이지만 사비나는 서른여섯 살이다. 그러나 그녀는 마치 어린아이, 혹은 십대 같다. 눈 밑에는 방금까지 울었거나 너무 오래 잔 사람처럼 마스카라 얼룩이 묻었다. 머리카락은 기름 끼고 뭉쳤으며, 속옷 바람으로 뛰쳐나온 사람 같다. 사비나는 자연사박물관에서 자랐다고 한다. 아버지가 그곳의 큐레이터였다. 사비나는 헤드비그엘레오노라교회에 묘지가 있다고 자랑한다. 큐레이터들과 그 가족들은 전부 거기 묻힌다고.

"축하해." 짐이 말한다. "우리 같은 사람들은 아파트가 있으면 행복해하는데. 그 무덤이 당신에게 무슨 소용이 있을까?"

"행복했다는 말은 안 했어. 하지만 아빠가 언젠가 꽃다발 대신에 박제 매를 들고 병동으로 찾아온 적이 있었어. 그때는 행복했지. 나중에 병원에서 버린 것 같지만."

짐은 미소를 짓는다.

"운동장에 나가도 돼?"

"나한테는 이제 아무것도 허락 안 해줘. 전에는 수영장은 가도 된다고 했는데. 이젠 내가 수영해서 도망칠 거라고 생각하나봐."

사비나가 거슬리는 소리로 웃는다. 짐이 그녀의 손을 잡는다.

"당신은 왜 여기 있지, 사비나?"

"자해했거든. 당신은?"

"떨어졌어."

사비나가 그의 뺨을 매만진다.

"아, 자기도 참. 아팠어?"

짐은 웃는다.

"지금은 그만큼 아프지 않아. 당신을 만난 후로 여기 있는 게 좋아."

사비나는 잠시 동안 침대 가장자리에 앉아 커다란 눈으로 나를 보다가 일어나서 병실을 나선다.

"저 여자는 원하는 건 뭐든지 할 수 있었을 거야." 사비나가 우리를 등지고 문간에 서 있을 때 짐이 말한다.

그녀가 돌아본다.

"나도 다 들었어. 그런 가정을 해봤자 나에겐 진정 아무 도움이 되지 않는걸."

사비나가 나간 후 짐은 잠이 든다. 나는 사비나가 바깥 복도를 몇 번 지나가는 모습을 보다가 그의 옆에서 까무룩 졸음에 빠진다.

짐의 옆 침대는 늘 비어 있다. 침대는 늘 그렇게 햐얗게 정돈
되어 누군가를 기다리는 것 같다. 우리는 각각 침대에 누워 천장
을 바라본다. 모피코트를 입은 나와 헐렁한 환자복 바지를 입은
짐. 우리는 체스를 두며 시간을 보내고, 그가 잠이 들면 나는 침
대 옆 탁자 위에 놓인 책을 읽는다. 『지구 위의 시간』『온 세상이
미쳐서 부풀어오른다』.

잠이 든 그를 바라보고 있으니 여기 그를 두고 떠날 수 없을
것 같다는 생각이 든다. 그가 눈을 떴을 때 검게 보이는 그 눈에
는 눈물이 가득 고여 있다.
  "내가 숲을 망쳤어." 그가 속삭인다.

"그랬어요?"

"그래."

이내 그는 돌아누워 다시 잠에 빠져든다.

나는 휴게실에 있는 텔레비전 채널을 돌려본다. 뉴스를 보면 세계는 여전히 존재하지만, 우리는 그저 세계 바깥에서 끝을 맞이하게 된 것만 같다.

"나무들이 어떻게 변했는지 보이지 않아요?" 그가 깨어나자 내가 말한다.

"어떤 나무?"

"여기 바깥의 나무들요. 이젠 봄이에요."

"아니, 난 못 봤어."

내가 오면 기쁘다고 그는 말한다. 그럼에도 너무 피곤해서 말하는 동안에도 몇 분마다 다시 스르르 잠에 빠져든다. 깨어나서는 내 얼굴을 생전 처음 본 듯이 나를 본다.

"너 모자는 어떻게 한 거야?"

나는 문 옆 의자 위, 햇살 속에 모자가 놓인 곳을 가리킨다.

"저기 있구나. 난 그게 저기서 우리를 기다리는 작은 케이크인 줄 알았어. 아까는 어디 갔다가 온 거야?"

"그냥 여기 앉아 있었어요. 짐을 바라보면서요." 나는 말한다.

"네가 죽었다고 생각했어."

"우리는 잠깐 휴가를 갔던 것뿐이에요."

나는 매일 잠깐 동안 거기 앉아 있다가 계단을 내려와 병원 부지를 나서 버스를 타러 간다. 짐은 창문 너머로 나를 본다. 여기오기 전에는 그런 눈빛으로 나를 본 적이 없다. 이제 나는 세상에서 그가 가진 전부이며, 그 세상은 울타리와 잠긴 문이 있는이 병원이다. 그는 철망 뒤에서 작별의 뜻으로 한 손을 든다.

"다시 나한테 와주렴." 그는 속삭인다.

우리의 숨결로 작은 전화 부스에 김이 서렸다. 수화기를 넘겨받은 짐은 아무 말 없이 한참 나를 바라보기만 한다. 그의 눈은 어둡다. 석탄처럼, 흑연처럼, 엎지른 잉크처럼.

"누구였어요?" 마침내 내가 묻는다.

"비타였어."

"비타 할머니는 돌아가시지 않았어요?"

"나도 그런 줄 알았는데, 방금 전화가 왔어."

"비타가 여기로 전화했다고요?"

"그래."

"우리가 여기 있는지 어떻게 알고요?"

"나도 모르겠어. 말 않던데."

"그렇군요. 그래서, 뭐라고 하셨어요?"

"너를 한 번도 만나지 못해서 정말 미안하대. 나한테는 어느 화살이 영원히 날아가느냐고 물어봤어."

"어느 화살이에요?"

"나도 몰라. 나도 모르는 거야." 그는 울면서 말한다. 그의 눈물이 매끄러운 돌바닥 위로 떨어진다. 그는 수화기를 들어 또다시 전화를 건다. 수화기에서 먹먹한 소리, 어떤 노래, 아니, 어떤 먼 바다의 소리가 들린다.

"날 무서워하면 안 돼, 야키."

"무서워하지 않아요."

잉에르 보겔이 빛을 가로막은 채 문 앞에 서 있다. 한참 거기 있었던 듯하다.

"이제 집으로 뛰어갈 시간이야, 아가."

짐은 휴게실에서 피아노를 치고 있다. 그는 악보도 없이 순전히 본능만으로 세차고 빠르게 연주한다. 음악 안에 깊이 빠지면 그는 바깥세상을 대면할 필요가 없다. 그 세상에서 그는 오직 음악만을 꿈꾸었다. 멀리서 보면 건반을 부수려는 것만 같다.

"지금은 뭘 망친 거예요?" 그가 마침내 두 손을 다시 무릎 위로 떨어뜨리자 나는 묻는다.

나이 지긋한 남자 하나가 약간 떨어진 자리에 앉아 우리를 주의깊게 바라본다. 내가 그를 빤히 쳐다보자 남자는 눈길을 옮긴다. 곁눈질로 보니 남자는 두 손으로 머리를 살짝 받치고 있다.

"너무 슬퍼서 말 못하겠어." 짐이 말한다.

"그러면 다른 얘기를 해요."

그는 잠시 아무 말 않고 환자복 위에 왕족인 양 두른 황금색 띠를 만지작거린다.

"악몽을 꿔. 하느님이 나를 잡으러 오는 꿈을 꿔."

짐은 이전에는 하느님을 언급한 적이 없었다. 지금 그는 끔찍하리만큼 외로운 것 같다.

"하느님이 어디로 데려가는데요?"

짐은 두 손을 들어 다시 음악 속으로 물러난다. 늙은 남자는 여전히 탁자 위에 머리를 받친 채로 거기에 있다. 기도라도 하는 양 작은 재킷이 등에 꽉 끼여 팽팽하다. 그 모습을 보니 사비나가 보여준 사진이 생각난다. 벌거벗은 채 바닥에 누워 기도하던 여자를 뒤에서 찍은 사진이었다.

복도로 나가는데 에드바르드의 거대한 손이 내 어깨뼈 사이에 내려앉는다. 내 등을 신중하게 재려는 것만 같다. 내가 몸을 돌리자 그는 손을 내린다. 이전에는 그를 멀리서 본 게 다였다. 그때는 흰 가운을 풀어헤치고 서둘러 복도를 뛰어가고 있었다. 그때 그는 내가 있는 줄도 몰랐다. 이제는 환한 미소를 띠고 나를 본다.

"그래, 네가 그 딸이구나?"

"네, 맞아요."

"귀하게 자란 아이로구나. 너랑 있을 때는 조심해야겠는걸."

"전 잘 모르겠는데요." 내가 말한다. 침묵으로 대응하고 싶지 않아서다. 복도에 있는 사람이라곤 우리뿐이다.

"그런 것 같은데. 지미를 닮았구나. 눈이 똑같아. 방을 차지하는 자세도 똑같지. 마치 여기 주인이라도 되는 것처럼."

나는 생각 없이 눈꺼풀을 치켜뜬다. 에드바르드는 웃더니 내가 무슨 작은 공이라도 되는 양 슬쩍 밀어낸다.

"예민하네. 좋은 거야. 하지만 이제는 더 붙잡아놓지 않으마."

그가 짐을 보러 안으로 들어가자 안에서 나던 음악소리가 그친다.

짐과 사비나는 다른 사람들이 병동으로 돌아간 후에도 예배당
에 그대로 앉아 있다. 에드바르르드는 그들을 등지고 문간에 서서
기다린다. 사비나가 천장의 천사들을 가리킨다.

"미켈란젤로는 천사 그림 하나를 끝낸 뒤 천사를 바라보면서
이렇게 물었대. '그런데 넌 왜 살아 있지 않지?'"

짐이 에드바르르드를 힐끗 본다.

"그만. 저 사람이 우릴 기다리잖아."

"에드바르르드는 천사가 아니야, 얼간이지. 의사라면 오 분 뒤
함께 외출할 수 있는지 물어볼 리 없어. 저들이 만난 사람 중에
내가 제일이겠지."

"난 재미있는 사람이라고 생각했는데.

"당신 생각이야 뻔하지. 당신을 처음 봤을 때, 당신과 에드바르드가 똑같은 순수성을 공유한다는 걸 알았어. 당신들은 아무것도 몰라. 둘 다."

사비나는 그에게 밀착하며 그의 스웨터에 대고 계속 말한다.

"당신은 여기 있는 게 좋지, 안 그래?"

"그래, 좋아. 이상하지. 이상해 보여?"

"뭐, 그래, 약간 이상하긴 해. 하지만 난 더 이상한 것들도 봤으니까. 실망했어?"

짐이 미소를 지으며 그녀를 밀어낸다.

"갈까?"

에드바르드는 문 옆에 꼼짝도 하지 않고 서 있다. 움직이는 거라곤 그의 담배에서 느리게 피어오르는 연기뿐이다. 그는 마지막 남은 햇살을 받아 빛난다.

"난 당신 속까지 다 볼 수 있어." 사비나는 다시 그의 품안으로 파고들며 말한다.

"뭘 볼 수 있다는 거야?"

"너무 큰 심장. 그게 다 들어갈 자리가 없어. 당신은 심장을 작게 만들려고 술을 마시지. 안타깝게도 그건 도움이 안 될 거야. 몸안의 모든 것, 심장까지도 꺼낼 수 있겠지만 그래도 여전히 아플 거야. 오늘밤엔 뭐해?"

짐은 한 손으로 가슴을 움켜쥔다.

"누워 있겠지, 달을 보면서."

"대신 나랑 외출하는 건 어때?"

"어디로?"

"파티로."

"우리가 어떻게 파티에 가, 사비나?"

그녀는 두 손으로 그의 눈을 덮고 키스한 후 속삭인다.

"나가고 싶은 거야, 아닌 거야?"

"젠장, 나가고 싶고말고."

"그럼 됐어."

에드바르드가 담배꽁초를 휙 던지고 몸을 돌려 그들을 본다.

"갈 거예요?"

브롬마교회 옆 적신호에서 에드바르드는 뒷좌석에 앉은 짐을 돌아본다.

"예르텐 부인*이 여기 있을 때 저 천사들을 그렸죠. 마음에 들어요?"

"저걸 좋아하지 않기도 힘들겠는데요."

---

* 스웨덴 출신의 화가 시그리드 예르텐.

사비나가 들고 있던 작은 거울 속에서 그녀와 그의 눈이 마주
친다. 그의 몸안에 번개가 번쩍 치는 것 같다.

"하지만 병원에 있는 천사들을 두고는 늘 이러쿵저러쿵하잖
아." 그녀가 말한다.

"왜 그럴까?"

그녀의 시선이 슬며시 떠나간다. 거울은 가방 속으로 사라진다.

"병원 안에 있는 건 바깥에 있는 것보다 더 예쁠 수 없으니
까." 그녀가 말한다.

"보여줄 게 있어." 사비나가 나를 끌고 가며 이렇게 말한다. "얘 좀 잠깐 빌려 가도 될까?" 그녀는 허공에 대고 묻는다.

나는 사비나가 누구에게 말하는지 보려고 두리번거리지만 아무도 없다. 우리는 계단을 올라가 기울어져 보이는 복도를 따라간다. 약품 카트가 굴러가지 않고 벽에 가만히 붙어 있다는 게 놀랍다. 모든 것이 기울어져 보이기 때문이다. 잉에르 보겔이 거대한 열쇠꾸러미를 들고 와서 우리를 위해 문을 열어준다. 나는 휴게실에 있는 짐을 슬쩍 바라보고 사비나의 병실에 들어선다. 한 여자가 옆 침대에 앉아 통통한 팔뚝에 난 점을 꼬집고 있다. 푸석한 얼굴에 기름 낀 머리카락이 들러붙어 있는 여자는 나를 흘긋 보더니 계속 팔을 꼬집는다. 사비나가 매트리스 속에 숨겨

두었던 작은 꾸러미를 내게 건넨다. 그 안에는 장신구들이 들어 있다. 가는 금목걸이.

"알바노에 가서 내 친구에게 이걸 좀 전해줄 수 있어?"

"알겠어요."

그런 다음 그녀는 콤팩트파우더를 꺼내 바르느라 여념이 없다. 나는 잠시 그대로 있다가 그녀가 더는 거기 있지 않다는 걸 깨닫고 짐을 보러 나간다.

바깥에 나오자 헤드비그엘레오노라교회의 시계가 네시를 알린다. 밤을 나고 돌아오는 첫 새들의 소리가 멀리서 들려온다. 새벽에는 수많은 새가 불길한 구름처럼 탑 주변을 빙빙 맴돈다. 나는 종종 창가에 앉아 마리온이 깨어나기를 기다리며 그 새들을 바라본다.

짐이 자리에서 일어나 발코니 문 옆에 선다.

"기억해라, 야키. 네가 정신병원에 가는 처지가 되거든 반드시 병동 간호사를 꼬여서 자야 해."

"알겠는데…… 왜요?"

"그 여자가 약장을 관리하는 사람이니까."

"기억해둘게요." 나는 웃으며 말한다. "하지만 이젠 정신병원이 별로 없는걸요."

"그래, 그렇지. 그리고 잉에르 보겔은 오래전에 세상을 떴을 것 같다."

그가 카리뇨로 돌아가기 전날 밤, 나는 깬 채로 누워 있다. 동이 트자 옷을 입고 잠깐 산책을 나선다. 짐은 간이침대 옆 얇은 매트리스에 누워서 잠이 들었다. 방을 슬쩍 보니 마리온이 내려와서 짐의 옆에 누운 것이 보인다. 아이는 한 다리를 짐의 가슴 위에 걸치고 머리는 그의 어깨에 묻은 채로 누웠다. 나랑 잘 때처럼.

융프루가탄은 괴괴하고 아스팔트는 젖어 있다. 회색빛이 가로등 아래 가랑비처럼 걸린다. 가발 제작자는 벌써 자기 작업대에 앉아 희미한 전구 불빛 아래 일하고 있다. 나는 잠시 발길을 멈추고 그를 바라보다 다시 걷는다. 그는 동그란 작은 빛 속에 앉아 옅은 금발 가발에 바늘을 천천히 꽂았다 빼기를 반복한다. 헤드비그엘레오노라교회 안에는 언제나처럼 불이 켜져 있고, 앞자리에는 늙은 여인이 천사들 아래 홀로 앉아 발치에 비닐봉투들을 둔 채 잠들어 있다. 여인은 내가 지나가도 깨지 않는다. 세례용 물통 옆에 이전에는 없었던 유리 관이 놓였다. 유리 안에는 아이 하나가 잠든 채 누워 있다. 인형이 분명하지만 소녀는 너무나 실제처럼 보인다. 소녀의 몸에는 하얀 깃털이 덮여 있고 보이지 않는 바람에 깃털이 끊임없이 흔들린다. 그러나 신도석의 공기는 잠잠하기 그지없다. 나는 선 채로 한참 동안 소녀를 바라본다. 부드럽게 흔들리는 깃털만 보면 마치 아이가 숨을 쉬는 것 같다.*

다시 환한 빛 속으로 나오자 사람들이 벌써 광장 벤치에 자기자리를 차지하고 앉아 있다. 멀리서 보면 추운 겨울에 몸을 데우려 옹기종기 붙어 있는 커다란 새떼 같다. 턱수염을 기르고 선원 재킷을 입은 마른 남자가 옆에 작은 여행가방을 두고 다른 사람들과 멀찍이 떨어져 앉아 있다. 그는 아주 오래전부터 그 광장에 앉아 술을 마시곤 했고 우리는 이제 얘기도 나누는 사이가 되었

---

* 영국의 조각가 루시 글렌디닝의 작품 〈깃털 아이〉를 묘사한 것으로 보인다.

다. 내가 지나갈 때마다 그는 자기 옆으로 와서 앉으라고 손짓을 한다. 가끔은 그렇게 한다. 나는 잠시 쇼핑백들을 들고 앉아서 그의 말에 귀를 기울이고, 그의 검은 입속에서 흘러나오는 죽음의 악취를 맡는다.

"귀염둥이는 어떻게 했어?" 그가 묻는다.

"귀염둥이는 아직 자고 있어요." 나는 융프루가탄을 가리키며 말한다.

"걔한테 내려오라고 해, 제대로 된 종이비행기 접는 법을 보여줄 테니."

그의 눈은 물기어린 푸른색이고 무척이나 맑다. 수많은 알코올중독자들과 마찬가지로 그에게도 죽음 앞의 겸허함, 특유의 상냥함이 있다. 그들이 술을 끊으면 그 특징은 증발해버린다. 그들의 유일한 보호자, 술이 주던 무모함만 남은 그들은 거세고 차가워진다.

아파트에 돌아오니 짐과 마리온이 어느새 잠에서 깨어 차가운 은색 빛이 내리쬐는 부엌 탁자 앞에 앉아 있다. 그들은 자기들만의 여름에 둘러싸인 채 아이의 망가진 헬리콥터 위로 고개를 숙이고 있다. 문간에 서서 그들을 바라보노라니, 잠시 후 그들이 나의 존재를 알아챈다.

"봐요, 엄마. 내 황금날개가 다시 날 수 있어요!" 마리온이 소리치며 한 팔을 올려 작은 헬리콥터를 방 너머로 날려보낸다.

나는 마리온을 혼자 키웠다. 임신중에 리카르드를 떠났다. 나는 그 누구와도 아이를 나눌 수 없으리라는 것을 알았다. 리카르드는 우리를 보러 오곤 했으나 이제는 오지 않은 지 오래다. 여기서 낯선 사람 취급을 받는 것, 외부에 머물러야 한다는 것이 그에게는 우울한 일이었으리라. 분만실에서 나는 고통을 혼자 견딜 수 있도록 조산사에게 나가달라고 부탁했고, 그후로 그 누구의 면회도 받지 않으려 했다. 매일 밤 자지 않고 누워서, 작은 개구리처럼 다리를 배까지 접어올린 채 어둠 속에 누워 있는 마리온을 바라보았다.

　병원 엘리베이터를 타고 내려가자, 로네가 노란 우산을 쓰고 거대한 크리스마스로즈 다발을 끌어안은 채 우리를 기다리고 있었다. 그녀는 택시로 우리를 집까지 데려다주었다. 나는 마리온을 숄로 감싸안고 뒷좌석에 앉았다. 집에 가는 길, 로네는 마리온이 태어나던 밤에 내 꿈을 꾸었다고 말했다. 그 꿈속에서 나는 다시 어린아이였는데, 열이 나고 맥이 빠르게 뛰었다. 로네는 나를 짐에게 맡겨두고 떠나버렸고 내가 그녀에게 소리질렀지만, 대답할 수 없었다고 했다. 내가 사는 동네에 도착했을 때는 비가 내리고 있었다. 소리 죽인 11월의 비. 나는 마리온을 끌어안고 보도에 서서 군중 속으로 사라져가는 로네의 노란 우산을 바라보았다. 나는 그녀를 우리 아파트에 들이지 않을 작정이었다.

마리온과 함께한 첫날밤, 나는 모유가 검게 변해버리는 꿈을 꾸었다. 젖은 짙게 타버린 설탕처럼 흘러나왔지만 그래도 아이에게 물렸다. 그 꿈 이후로는 아이에게 모유를 먹일 수 없었다. 아이가 병에 걸릴까 너무 두려웠다. 리카르드는 며칠 후 우릴 보러 왔다. 마리온을 보자 그의 눈엔 눈물이 고였고, 그는 내 팔에 안긴 아이를 조심스럽게 안아올려 작은 머리에 입맞춘 후 도로 건넸다.

"돌아오지 않을 거지, 야키?"

리카르드는 마치 나를 꿰뚫어보듯이 바라보았다. 그런 후에 떠났다. 우리 사이의 모든 어둠이 전혀 존재하지 않았던 것만 같았다. 내가 비밀리에 만났던 남자들, 갑작스러운 떠남, 거대한 배를 안고 발코니에 앉아 나무들 위로 떠오르는 해를 바라보던 밤들, 마리온과 단둘이 남겠다는 결정.

내게 꽂히는 리카르드의 눈을 견딜 수 없었다. 아무리 애를 써도 빠져나올 수 없는 꽉 끼는 젖은 스웨터를 입은 것만 같았다. 여전히 그는 내가 아름답다고 말했다. 모든 게 너무 늦어버렸을 때도, 내가 모든 것을 파괴한 지 한참 되었을 때도 그렇게 말했다.

짐은 피아노 앞에 앉아 마리온을 위해 무언가 연주하고 있다. 생애 마지막 연주인 듯 시끄럽고 빠르다. 이번에도 모차르트. 피아노 곁에 갈 때마다 늘 내놓는 똑같은 레퍼토리이다. 어렸을 때 짐이 피아노에서 뽑아내는 멜로디에 참으로 경탄했던 기억이 난다. 내게 부딪혀오는 천둥 같은 파도 속에 서서 몸을 훑고 가는 음률을 느꼈던 기억, 그 음들이 날개 달린 듯 솟구쳤다가 내 안으로 잠기던 기억. 내가 건반에 손을 댔을 때는 그런 일이 일어나지 않았다. 하나의 음, 그리고 또하나의 음, 그다음에는 아무것도 없었다.

피아노에서 흘러나온 음악은 열린 창문을 지나 눈발이 날리기 시작하는 융프루가탄으로 향하고 그 덕택에 방이 한층 더 크게 느껴진다. 마리온의 작은 헬리콥터는 프로펠러를 돌리며 잠자리처럼 방 저편으로 날아가고, 아이의 얼굴에는 내가 이전에 한 번도 보지 못한 표정이 떠오른다. 소형 조종기를 손에 들고 서서 눈으로 헬리콥터를 쫓는 아이는 음악의 상승과 하강, 헬리콥터가 조용히 웅웅대는 소리에 홀려 있다. 마리온은 아이인 동시에 어른인 듯 보인다. 그애가 거기 빛 속에 서 있는 걸 보았을 때, 처음으로 나는 그가 오롯이 자기 자신만의 존재라는 걸 이해한다. 그리고 그애에게 행복과 상심을 가져다줄 사람이 수없이 많으리라는 것도. 단지 나만이 아닐 것이다.

"엄마, 모든 게 사라지면 어떻게 돼요?" 마리온은 가끔 졸음이 쏟아질 때면 묻곤 한다. 아이는 꿈을 꾸면서 두 발로 나를 누르는데, 마치 내가 거기 있나 확인하려는 것 같다.

"모든 게 사라져도, 너랑 나는 여전히 여기 있을 거야."

"하지만 모든 게 사라지는데 어떻게 우리가 존재할 수 있어요?"

"나도 몰라. 그냥 그런 거야."

리카르드가 저녁에 잠이 들면, 나는 밖으로 나가곤 했다. 그는 언제나 깊게, 아무 의심 없이 잠들었다. 그는 잠에서 깨도 모든 게 이전과 똑같을 것이라 생각했다. 나는 밤새 걸어다녔다. 5월이 6월이 되고, 그다음엔 7월이 되었다. 그리고 나는 임신 사실을 막 알게 되었다. 거리에는 밤 산책하는 사람들로 가득했다. 낮이 결코 끝나지 않을 듯 자정을 한참 넘겨서까지도 도시가 장밋빛으로 빛나던 그해 여름, 나만 혼자인 것은 아니었다. 아이에 대해서는 그에게 아무 말도 하지 않았다. 줄곧 아이를 없애버릴 생각이었다. 심지어 병원에도 다녀왔다. 계속 진료 예약을 새로 잡았지만 차마 안으로 들어갈 수 없었다. 내게 온 무언가를 죽여버릴 수가 없었다. 새벽이 되면 집으로 돌아가 그의 등뒤로 들어갔다. 자명종이 울릴 때쯤에는 피로로 몸이 아팠다. 여자아이일까봐 너무 두려웠다. 나와 같을까봐. 마리온이 태어나자 발밑의 땅이 갑자기 굳건해진 기분이었다. 중력이 나를 지배하는 것처럼.

"짐, 내 나무가 아직도 옵세르바토리에룬덴공원에 서 있을까요?"

"몰라. 난 이제 스톡홀름은 어디가 어딘지 몰라. 하지만 네가 원한다면 가서 볼 수는 있지. 하지만 나는 내 남은 인생도 뭘 하고 살아야 할지 아직도 모르겠다. 그렇지만 사람이 죽으면 그 문제는 일부분 해소되지."

"일부분만요?"

짐은 웃는다.

"뭐, 아니면 전부."

그날 저녁 우리는 천문대까지 걸어간다. 짐은 다시 맑은 정신이고 그의 목소리는 이전, 한참 전과 똑같이 완벽하게 상냥하다. 불현듯 그는 이제는 내가 기억하기 힘든 짐처럼 말한다. 알코올 중독이 되기 전, 완전한 손상이 오기 전의 모습. 이전이라는 것이 정말로 있다면 말이지만.

공활한 하늘 아래
(병원 설계)

소규모의 무리가 병원 신설을 기념하여 축배를 들기 위해 베콤베리아 시계탑 근처 사각형 뜰에 모였다. 1932년 여름은 이례적으로 서늘하여, 8월 말에는 쌀쌀한 봄에서 바로 가을이 되어 있었다. 아직 입원환자는 없다. 첫 환자들은 몇주 뒤에야 올 것이다. 샴페인잔을 든 작은 무리에는 의학위원회의 위원들과 의사들, 공무원들, 정치가들, 그리고 건축가 칼 E. 베스트만이 있었다. 그 위로는 담즙 색깔의 낮은 하늘에 간간이 떠가는 구름들과 저멀리 듬성듬성 보이는 수목들뿐이다. 새로 심은 일본산 나무들과 이국적 관목들이 뜰 이곳저곳에 서 있다. 섬세하고 불안정한 식물들은 세계를 가로지르는 긴 여행을 하고 혼란스러운 듯하다. 사그라드는 오후의 빛 속에서 이 친선 모임은 병원 개원을 축하하기 위해 기다리는 중이다. 멀리서 우렛소리가 들리고 보라색 구름이 시계탑공원 위로 굴러오자, 그들은 서로를 향해 건배하는 대신 호박빛 하늘을 향해 잔을 든다. 위에 있는 누군가가 기념식에 참석하기라도 한다는 듯, 적어도 아래에서 벌어지는 일을 굽어보기라도 한다는 듯, 기이한 몸짓이었다. 짧게 박수가 터져나오고 누군가 치킨샌드위치를 담은 은쟁반을 들고 나온다. 베스트만은 약간 딴 데 정신이 팔려 있다. 생각에 골몰한 그는 벌써 다른 곳으로 가는 중이다. 머릿속으로 새 건물을 스케치하며 식이 끝나기만을 초조하게 기다린다. 그러면 빨리 차를 몰고 사무실로 돌아가 설계도판과 재회할 수 있으리라. 곱슬거리는 커다란 머리는 질병이란 더이상 존재하지 않는 신세계에 대한 생각들로 가득차 있다. 아픈 자들과 길 잃은 자들을 늘 에워싸던 혼란도 가난도 어떤 굴욕도 없는 세계. 위원회의 누군가가 새 병원에 대해, 청결과 질서와 아름다움에 대해 짧은 연설을 한다. 이곳에서 환자들은 아쉬울 게 없을 것이다.

어둠 속에서 복지국가가 탄생했다. 실제로는 감옥인 세계 밑바닥의 성, 불구자들과 가망 없는 자들이 침침하고 움직임 없는 빛 속에 홀로 갇히고 잊힌 채로 굴러다닐 수 있는 궁전. 태아가 피와 태아막에서 나오듯 환하게 조명을 밝힌 깨끗한 병원이 땅에서 솟아난다. 원래는 숲뿐이던 자리, 새와 나무와 하늘과 물이 있던 곳에 으리으리하고 장엄한 병원 건물이 생겼다.

첫해인 1932년, 육백 명의 환자가 베콤베리아에 입원한다. 삼 년 후 천육백 명의 환자와 팔백 명이 넘는 상주 직원이 있는 이 병원은 작은 마을을 닮았다.

어두운 봄

"옵세르바토리에룬덴공원에 날 위해 심어준 나무 기억해요? 짐이 베콤베리아로 가던 겨울에 거기서 꽃이 핀 것도?"

로네는 다른 꿈을 꾸는 사람처럼 나를 본다. 꿈에서 나는 로네를 소리쳐 부르지만 그녀는 절대로 나를 부르지 않는다.

"그게 아직도 거기 있을 것 같진 않은데. 천문대에서 공원을 새로 단장할 때 잘라냈어."

"하지만 기억은 해요? 한겨울에 그 나무에 꽃이 피었던 거요. 별안간 분홍색과 노란색 작은 꽃이 만발했었잖아요?"

"꽃은 피지 않았어." 로네가 얼굴에 흘러내린 머리카락 한 가닥을 쓸어넘기며 말한다. "네 아빠가 병원에 가기 몇 주 전에 술에 취해서 거기 종이 등불을 걸어놓은 거야."

나는 늘 그게 겨울 꽃이라고 생각했었다. 서리 속에서 별안간 꽃이 피어나다니, 기적이라고 생각했다. 체르노빌 때문에 피어난 꽃이라는 생각도 했다.

"짐은 왜 그랬을까요?"

나는 퀼트 재킷의 지퍼를 올리고 추위로 얼얼해진 손가락에 입김을 불었다.

"자기가 슬퍼하는 걸 우리가 알길 바랐겠지. 어쩌면 네가 공원과 병원에 핀 꽃을 혼동한 건지도 모르고."

"어쩌면요. 병원 나무들에 꽃이 필 때부터 저 혼자 다니기 시작하긴 했죠."

작은 주사기에 담긴 액체가 환한 햇빛을 받아 황금색을 띤다. 에드바르드가 아닌 다른 의사가 짐의 머리를 잔디밭에서 짓누르는 사이, 잉에르 보겔이 진정제를 그의 몸에 주사한다. 나는 내 스웨터 소매를 그의 입에 억지로 쑤셔넣고 에드바르드가 오길 기다리지만, 에드바르드는 오지 않는다.

"가." 잉에르 보겔이 나를 올려다보며 말한다. "이제 집에 가야 해, 야키."

"그렇지만 여기 있어도 돼요." 나는 그의 입에서 소매를 빼지 않은 채로 꿈틀거리며 스웨터를 벗는다. 짐은 이제 잔디 위에서 잠든 사람 같다. 해변에서 부드럽게 부서지는 파도처럼 숨이 고르게 바뀐다. 한쪽 뺨에는 피가 한줄기 흘러내린다. 그가 쓰러졌을 때 우리는 앉아서 책을 보고 있었다. 그가 에드바르드에게서 빌려온 나무에 관한 책이었다. 우리는 자단나무에 관한 페이지를 넘기는 중이었다. 잎이 가장 늦게 돋고 가장 일찍 지는 나무. 용의 발톱처럼 대지를 움켜쥐는 거대한 뿌리를 가진 비운의 나무.

눈을 뜬 그가 등을 대고 누워 가만히 시선을 고정시킨 채 나무 우듬지를 올려다본다. 그의 검디 검은 눈빛 앞에는 그저 어떤 희미한 빛만이 어른거린다. 나는 머뭇거리며 그의 손을 만져본다. 서늘하지만 차갑지는 않다. 머리 위 나뭇잎들이 쏴쏴 흔들리는 소리. 잉에르 보겔이 치맛자락으로 피를 좀 닦아준다.

"모든 천사는 끔찍한 천사야." 그가 말하더니 내게서 고개를 돌린다.

이윽고 잉에르 보겔에게 말한다.

"얘한테 가라고 말해줘. 내일 오면 된다고."

사람들이 그를 싣고 가자 나는 가방을 챙겨 그 자리를 뜬다.

사비나를 다시 마주쳤을 때, 그녀는 계단에 앉아 담배를 피우고 있다. 지난번보다 더 창백해졌고 피부는 매끈하고 촉촉하며, 머리카락은 이전보다 더 옅어지고 탁해져서 오래된 개숫물 같은 색이 되어버렸다. 사비나 안의 무언가가 점점 그녀를 희미하게 만들고 끝내는 사라지게 할 것만 같다.

　"너희 아빠는 이제 괜찮아."

　"그래요?"

　"머리를 부딪혔지만 그게 다야. 누구에게나 일어나는 일이야. 약이나 이런 걸 끊을 때는 천천히 해야 해. 바로 끊어버리면 안 돼. 뭔가 꺾여버려. 그게 뭔진 모르겠지만 뭐가 있어. 아주 크고 나쁜 거야."

짐은 휴게실 피아노 앞에 앉아 있다. 연주하는 동안 눈물이 그의 얼굴을 타고 흐른다. 잉에르 보겔은 그의 옆에 앉아 커다란 붉은 펜으로 뭔가를 적고 있다. 햇빛은 그 둘만을 비춘다. 다른 모든 것은 그늘 속에 있고 그들은 안에서부터 빛을 발하는 것만 같다. 나는 잠시 그들을 바라보다가 나와버린다.

나가는 길에 에드바르드를 만난다.

"그 모피코트를 입고 다니기엔 너무 덥지 않니?"

모든 사람이 이 모피에 대해 물어본다. 마치 세상에서 이보다 더 중요하고 흥미로운 것이 없다는 듯.

"내 스웨터 봤어요?" 대신 나는 이렇게 묻는다.

"버렸어. 완전히 못 쓰게 됐더라고."

그가 내 어깨뼈 사이에 손을 댄다. 이전과 같은 자리다.

"너 괜찮니, 야키?"

"괜찮아요."

나가려는데 몸에 비해 너무 작은 재킷을 입은 늙은 남자가 나를 불러세운다. 그는 다른 시대에 냉동된 사람처럼 구식이다. 머리카락은 기름을 발라 넘겼고, 입고 있는 옷은 전부 깔끔하게 다림질했다. 작은 스포츠재킷, 선홍색 멜빵으로 고정한 거대한 바지.

"나한테 전화 온 거 있어?" 그가 노랗고 촉촉한 눈으로 나를 빤히 바라보며 묻는다. 겁에 질린 얼굴이다. 들어올린 커다란 손은 떨고 있다.

"잉에르 보겔에게 물어보세요." 나는 말한다. "여기 일은 그 사람이 다 알잖아요. 지금 피아노 옆에 앉아 있어요."

사비나가 난데없이 나타나 그의 거대한 손을 두 손으로 잡아준다.

"아무도 전화하지 않았어요, 올로프."

짐은 체스판을 제쳐두고 너덜너덜해진 담뱃갑을 내게 건넨다.

"담배 피우니, 야키?"

"아직이요." 대답은 이렇게 하지만 나는 겨울부터 담배를 피웠다. 여기 처음 와서 로네가 다시 담배를 피우기 시작했을 때 나도 시작했다.

새 한 마리가 빠르게 머리 위로 지나간 듯 그의 얼굴에 그림자가 스친다.

"미안하다. 물론 피우지 않겠지."

"시작할 수 있을 것 같긴 했어요." 내가 그의 팔에 손을 얹으며 말한다. 그는 나를 보더니 웃는다. 그가 웃을 때, 빛이 마침내 그의 눈으로 들어올 때가 좋다.

"그래야지. 담배를 시작하기에 너무 늦은 때란 없으니까."

"어렸을 때는 짐이랑 같은 브랜드의 담배를 피울 거라고 생각했어요. 프린스 라이트."

"그럼 지금은?"

"홉손. 학교 애들은 다 그걸 피워요."

우리 머리 위로 거대한 구름이 모인다. 회흑색 처녀 구름, 길을 잃은 엄마 구름, 이제껏 어디에서도 본 적이 없는 온갖 희귀한 구름 형태들. 이곳은 낮에 벌써 별이 뜬다. 우리는 시계탑 근처의 체스판 옆에 옹기종기 서서 짐과 사비나가 거인들을 위한 것인 양 거대한 체스 말을 움직이는 걸 구경한다. 게임하는 동안 그들은 빛의 동그라미에 흠뻑 잠긴다. 오랜 시간 동안 그들은 꼼짝 않고 서서 마치 서로가 먼저 공격하기를 기다리는 두 마리 맹금처럼 체스 말을 들여다본다. 사비나는 황혼 속을 가만히 응시하며 다음 수를 놓기까지 지나칠 정도로 긴 시간을 들인다. 그녀가 너무 뜸을 들인 탓에 이따금 짐은 초조해진 나머지 마침내 자기 차례가 돌아왔을 때 집중력을 잃고 만다.

"체크메이트. 어릿광대 씨."

대개 사비나가 이긴다. 그녀가 더 빠르고 냉정하고 순전히 수학적이다. 사비나는 짐이 질 때마다 비웃고, 체스 말을 풀숲으로 던지려는 그를 뒤에서 붙잡는다. 짐은 자기가 사는 방식대로 게

임을 한다. 숙고하지도, 전략을 짜지도, 미래에 대한 생각을 하지도 않고.

빛은 부드럽고 황금처럼 은은히 빛난다. 에드바르드가 지나가다 체스를 두겠다며 잠시 들른다. 내기 게임이 금지라는 건 모두 알지만, 에드바르드는 체스판 바로 옆에 쌓인 동전과 담배를 보고도 모른 척한다. 짐과 사비나만이 돈을 걸고 게임하지 않는 사람들이다. 그들에게는 다른 것이 걸려 있다. 사랑, 고독, 자유. 그리고 희미하지만 확연히 느껴지는 별빛, 베들레헴의 별과 미자르*의 별빛 아래, 저멀리서 경비견들이 짖는 소리가 들려오는 시계탑 공원의 이러한 저녁에, 이 행성 위에 존재하는 것이라곤 오로지 짐과 사비나뿐이었다. 초여름의 마지막 남은 빛을 받고 빛나는, 혹은 그들 안에서 나오는 빛으로 빛나는 두 사람. 그들은 서로를 얼얼히 마비시키며 자신들을 가둔다. 가령 이런 식이다. 갑자기 한 여자가 병원 부지를 가로질러 질주하고 하얀 가운을 입은 간호사 한 무리가 그 뒤를 쫓아나와 잔디 위로 쓰러뜨린다. 우리는 그걸 보고도 대체로 신경쓰지 않지만 그런 일은 늘 있다. 다른 병원으로 보내거나 감금하거나 진정제를 놓겠다는 유의 위

---

* 큰곰자리의 한가운데에 있는 별.

협. 마음대로 떠날 수 있는 사람은 나뿐인데, 내가 원하는 건 머무는 것뿐이다.

"킹의 가치는 무한하지." 사비나는 이렇게 말하며 걸어가버린다.

에드바르드는 내 앞의 잔디밭 위에 쭈그리고 앉아 있다. 그에게는 어딘가 고독한 구석이 있다. 나는 그가 밤늦게까지 병원에 남는다는 걸 알고 있다.

"집까지 태워다줄까?"

차의 라디오에서 음악이 나오고 햇볕에 익은 가죽 냄새와 훅 끼치는 매연냄새는 따뜻하게 가르랑거리는 엔진소리와 마찬가지로 최면 효과를 불러일으킨다. 우리가 정문을 빠져나가는데 경비실 옆에 사비나가 내 모자를 쓰고 서 있다.

"이거 놓고 갔어." 창문을 내리자 사비나가 말한다. 내가 모자를 향해 손을 뻗자, 그녀가 내 손목을 잡고 거기에 입을 맞춘다. 그녀는 단단한 무언가를 내 손안에 쥐여준다. 둘둘 만 지폐뭉치다. 뭉치 사이에는 작은 장미꽃이 끼워져 있었다.

나는 깜빡 잠이 들었고, 깨어나서 뒷거울에 비친 에드바르드와 눈이 마주친다.

"떨어지는 꿈을 꿨어요." 내가 허공에 대고 말한다.

"떨어지는 걸 겁낼 필요 없어. 꿈에서는 다치지 않고 떨어질 수 있으니까. 멍도 긁힌 자국도 남지 않잖아."

거울에 비친 그의 눈길은 눈동자가 눈을 다 차지한 듯 어둡지만, 목소리는 평소처럼 상냥하고 따뜻하다.

"자각몽이라는 말 들어봤니, 야키? 꿈속에서 일어나는 일을 스스로 통제할 수 있는 꿈이야. 그런 꿈을 어떻게 꾸는지도 배울 수 있지. 너한테 도움이 될 거야."

"그렇게 생각하세요?"

"그렇고말고."

내가 차문에서 돌아설 때도 에드바르드는 여전히 자리에 앉아 불붙인 담배를 쥔 채 나를 바라보고 있다. 등뒤로 현관문을 쾅 닫고 계단을 올라갈 때에야 바깥에서 시동 거는 소리가 들린다.

나는 사비나가 준 꾸러미를 자연사박물관 입구에 남긴다. 은발의 여자아이가 거기 앉아서 표를 팔고 있다. 그녀는 내가 무슨 투명인간이라도 되는 양 한 번 쳐다보지도 않고 뭉치를 받아든다. 작은 부스 안 어둠 속에서 그녀의 머리카락이 빛난다. 그녀 같은 사람은 지금껏 한 번도 본 적이 없었다. 그녀에게서 눈을 뗄 수가 없다. 유리 너머로 보이는 창백한 환영. 어떤 이국적인 동물을 보는 것 같다. 잠시 후 그녀가 다른 꾸러미를 내준다. 거기서는 달콤하면서도 약간 시큼한, 향 같은 냄새가 난다. 나는 그걸 보지도 않고 즉시 주머니에 쑤셔넣은 후 차가운 돌바닥으로 다시 발길을 돌린다. 나는 이제 배달부, 사비나의 민첩한 화살 중 하나가 된다.

마지막 환자
(여전히 빛을 받으며)

"여기서 보낸 시간에 대해 어떻게 생각해요, 올로프?"

야노브시 박사가 사탕 상자를 탁자 반대편으로 밀어준다. 올로프는 사탕 하나를 집어 자기 앞 탁자 위에 둔다.

"여기 병원에서요?"

"그래요."

"모르겠어요. 다른 시간이랄 게 없었으니까. 나는 여기서 평생을 보냈어요."

"그럼 당신에겐 여기가 집입니까?"

"아뇨, 집은 아니죠. 하지만 여기 침대도 있고, 내 물건도 다 있고, 친구도 있으니까요. 그리고 당신도…… 어릴 때 이후로 집이 있었던 적이 없어요."

"여기서 아쉬웠던 게 있나요?"

올로프는 사탕을 조심스럽게 입에 넣은 후 빤다.

"아버지의 장례식에 가고 싶었어요. 아버지가 여기로 면회를 온 적은 한 번도 없지만, 나는 가고 싶었어요."

"이해합니다. 가끔은 작별인사를 할 기회가 없기도 하죠."

"없지요. 그리고 지금은 모두 다 가버렸어요. 어머니도요."

"그러네요."

모든 문이 밤을 향해 활짝 열린 것처럼 산들바람이 건물을 지나며 속삭인다.

"어머니는 처음에는 와서 몇 시간 동안 뜨개질을 했어요. 나와 식스텐을 위해 뜨개질을 했죠. 식스텐과 나는 폭포의 수력발전소 아래 서서 물이 포효하는 엄청난 소리에 귀를 기울이고 그 위의 성냥공장에서 솟아오르는 연기를 바라보곤 했어요. 어머니의 아버지와 칼 삼촌, 아버지의 아버지는 황과 인 냄새를 풍기며 퇴근했어요. 일곱시가 되면 그들은 행진하며 문으로 들어가고, 저녁 여섯시가 되면 다시 빛 속으로 나와요. 얼굴은 검고 머리카락은 그을음이 묻어 시커멨죠. 그들이 나오는 게 보이면 우리는 마중하러 뛰어나갔어요. 나도 커서 똑같은 일을 했죠. 아침 일찍 어둠 속으로 걸어들어가고, 해가 지면 빛 속으로 내뱉어졌어요."

야노브시 박사는 의자에 등을 기대고 손깍지를 껴서 뒤통수에

갓다댄다.

"다음 일에 대해 좀더 얘기를 나눠야 한다고 생각했어요."

"다음이요?"

"계획을 얘기해주세요."

올로프의 얼굴이 밝아진다.

"매일 사바트스베리병원에 갈 거고 우선 우리 형이랑 형수님
이랑 살 거예요. 괜찮나요? 내가 잊어버린 거라도 있나요?"

"좋은 계획 같은데요."

"그들도 마찬가지로 늙었어요. 더 오래 버틸 수는 없을 거예
요. 그리고 내겐 약이 있으니까요."

"그래요. 약이 있죠."

올로프는 몸을 앞으로 내밀고 목소리를 낮춘다.

"그리고 올로프 팔메를 믿어요. 그 사람이 내 마지막 희망이
에요."

"무슨 뜻이에요, 올로프 팔메를 믿는다는 게?"

"모르겠어요, 그냥 그렇다고요. 올로프 팔메가 우리를 생각해
준다고 믿어요. 그렇게 잘살지 못하는 사람들 모두를요."

전화 통화
(스톡홀름—카리뇨)

유럽의 고속도로를 따라 흐르는 전선을 타고 짐의 목소리가
전화기에서 들리고, 전화를 건 사람이 누군지 깨닫자 그의 목소
리가 한층 부드러워지는 게 느껴진다.

"아, 너구나? 어떻게 지내니?"

"잘 지내요. 마리온은 학교에 들어갔어요. 어떻게 지내요?"

"늘 똑같지…… 이게 다 무슨 소용이냐?"

그는 잠깐 그곳의 집에 대해, 오렌지나무에 대해, 요리와 청소
를 도와주는 마그다라는 여자에 대해 이야기한다. 우리는 최근
스페인이 얼마나 급변하는지에 대해, 매일 얼마나 더 많은 사람
들이 자기 집을 떠나도록 압박받고 있는지에 대해 이야기한다.

"유럽은 결국 파산하고 말 거야." 그가 우울하게 말한다. "'위

대한 유럽'은 세계의 뒷마당으로 변해버릴 거다." 어쩌면 그는
자신을 유럽으로 여기는지도 모른다.

짐이 말을 마치자, 나는 실토해버린다. 베콤베리아에서 온 그
의 의료기록을 읽고 싶다고 말한다. 내 손에는 사비나의 진주알
들이 있다. 우리가 얘기하는 동안 나는 그걸 하나하나 책상 위에
떨어뜨리고, 다시 주워서 또 떨어지도록 놔둔다.

"물론, 내 기록을 읽어도 되지. 난 너한테는 비밀이 없어." 그
는 생각도 해보지 않고 즉시 말한다.

"짐도 읽고 싶어요?" 나는 묻는다.

"나는 안 읽는 편이 좋겠다."

"하지만 나는 된다는 거예요?"

"그래, 그건 너의 인생이기도 하니까. 넌 거기 있었고, 언제나
내가 나에 대해 아는 것보다 더 많이 알고 있었으니까."

교회 뒤로 태양이 진다. 차갑고 흰 겨울 태양. 나는 이 전화를
미루고 있었다. 수화기를 들었다가 다시 내려놓은 게 여러 번이
었다.

"하지만 난 그 기록이 어디 있는지도 몰라. 내가 어떻게 너를
도울 수 있을지 모르겠구나."

나는 베콤베리아와 관련된 모든 서류는 스톡홀름 외곽의 문서 보관소에 있다고 말한다. 추운 봄 내내 나는 거기서 병원의 첫 십 년 동안 나온 의료기록과 등록부를 읽었다. 1943년까지의 기록이 칠십 년 동안 잠겨 있다가 대중에게 공개된 것이었다.

"기록에 뭐가 있더냐?"

"온갖 게 있던데요. 모든 환자의 사진. 가장 어린 사람은 여섯 살이었어요. 매독 말기의 소년."

"불쌍한 아이 같으니."

"약은 없었어요, 아무것도요. 대부분의 사람들이 거기서 죽었어요."

"내가 있던 시기에는 그러지 않았어. 그건 다른 유의 병원이었지. 나는 거기 있는 게 좋았다. 하지만 밤에는 비명소리가 들리던 걸 기억해. 몇 년째 거기 있던 늙은 여자들과 남자들을 기억해. 그들이 홀로 운동장을 헤매고 다니던 걸 기억해."

아직도 나무 사이로 약한 햇빛이 비친다. 여기에서 보면 그 나무들은 너무 작아 보인다. 잔다란 성냥개비들 같다. 내 발밑에는 마리온이 무선 조종하는 체펠린 비행선*이 놓여 있다. 건전지가

---

* 독일의 경식 비행선.

빠져서 바다 저편에 흩어진 걸 보니 아이가 뒤를 뜯어서 고치려고 했던 모양이다.

"사람들에게 짐이 베콤베리아에 있었다고 말하면, 늘 짐이 죽었다고 생각해요." 내가 말한다.

"어째서 그렇게 생각하는 거지?"

"아마도 사람들에겐 베콤베리아가 그런 의미인 거죠. 옛날 정신병원이 늘 그렇잖아요. 나머지 세계와 유리된 곳, 아무도 살아서 나올 수 없는 곳." 나는 빠져나간 진주알 하나가 바닥에 떨어지기 전에 잡는다. 손에 잡힌 진청색 진주가 차갑게 밝은 코발트빛으로 빛난다.

"여름에 스톡홀름에 오면, 문서 보관소에 같이 가서 짐의 기록을 모아 올 수 있겠죠?"

반대편에선 긴 침묵이 흐른다. 희미한 매미 울음소리. 내 눈은 저멀리서 천천히 날아가는 비행기를 쫓는다. 하늘을 가로지르는 희미한 선이 헐벗은 나무들 뒤로 사라진다. 짐의 목소리는 가까이 들리지만, 그는 벌써 무한히 멀리 떠나 있다.

"하지만 내가 스톡홀름에 돌아갈지 모르겠구나." 그는 마침내 말한다. "잊어버렸니?"

헤드비그엘레오노라교회의 종이 울리고, 비행기가 지나간 자리에 남은 하얀 자취가 창공에 시접처럼 흐르다 점점 가늘어져 증발해버린다. 시접에는 무언가 있다. 내 창문에서 보면 그 모든 기계가 땅으로 뛰어드는 것처럼 보인다. 내가 아무 말 않자 짐이 말을 잇지만, 저멀리 그의 목소리는 덧없이 들린다. 그의 목소리에 하얀 깃털 하나가 떠도는 것 같다.

"벨몽도 형사를 함께 데리고 오렴, 그럼 내가 그애에게 바다 구경을 시켜줄 테니. 네가 오면 그 보관소에 가지고 갈 위임장을 써주마."

빈테르손의 장난감

밤이 되자 로네가 머리에 꽂은 핀이 반딧불이처럼 빛을 낸다. 틀어올린 머리카락에서 삐져나온 한 가닥이 얼굴 앞에 둥글게 말린 채 늘어져 있다. 황금풍뎅이 핀, 진주 핀. 언제나 똑같다. 그녀는 손목시계를 내려다본다. 내가 기억하는 한 늘 차고 있던 가는 은시계다. 그러고 나서 그녀는 다시 오래된 병원 벽시계를 올려다본다. 내 꿈속에서 우리는 날것의 추위 속 스토라 만스 앞에 서 있다.

"저건 멈췄나봐. 내 건 거의 여덟시야. 버스는 몇시지?

"삼십 분마다 와요." 내가 말한다. "가고 싶을 때 언제든 갈 수 있어요."

"곧 어두워질 거야."

"조금 더 있다 가면 안 돼요?"

"네가 그러고 싶으면."

그녀의 시선이 내게는 보이지 않는 무언가를 따라간다. 둥둥 떠다니다가 나무들 사이로 재빨리 사라지는 그림자, 혹은 작은 새나 나방. 그녀는 언제나 그렇듯이 본능적으로 카메라에 손을 뻗지만 곧 관둔다.

"짐을 면회하고 싶지 않았던 거죠?" 나는 묻는다.

"그래, 가고 싶지 않았어."

"도망가버렸죠. 흑해로."

"그래."

"그래서 난 혼자 가기 시작했죠."

"그래, 여기서 나는 질병의 냄새가 싫었어. 까슬까슬한 하얀 병원 냄새. 병원 부지 안에 들어서는 순간 욕지기가 나."

"나도 그랬어요. 하지만 익숙해졌죠."

"넌 그 무엇도 두려워한 적이 없잖니, 야키."

"나도 두려웠어요. 로네만큼이나 두려웠다고요. 하지만 어쨌든 갔어요."

그녀의 손이 카메라 위에 놓인다.

"왜 그랬니?"

"짐을 혼자 두고 싶지 않았으니까요."

나를 바라보는 그녀의 눈은 어둡다.

"나도 혼자였어, 야키."

짐이 병원을 퇴원해도 될지 물은 건 딱 한 번이다. 그는 치료 병동으로 옮겨졌지만, 하루에 한 번 계단을 한참 올라 에드바르드가 있는 꼭대기층 진료실로 가서 자신의 삶에 대해 이야기한다.

에드바르드는 창문 옆에 서서 쌓인 눈과 시계탑공원에 드러난 맨땅을 내다본다. 이제 막 짐에게 자신의 첫번째 사후 부검에 대해 말한 참이다. 초등학교 때부터 알던 소녀가 자살을 했고, 해부학 강의시간에 그는 자기 앞에 놓인 그녀를 발견한다.

"옷을 입지 않은 여자에게 손을 댄 건 그때가 처음이었죠. 옅고 구불거리는 음모, 가슴의 분홍색 반점, 경직된 죽은 얼굴은 완전히 다른 여자의 것 같았어요. 사후 부검을 하기 전에 시체를 검진하다보니 피부 아래 장기가 느껴졌어요. 너무도 말랐더군요. 간, 담낭, 비장, 신장."

병든 여자의 벗은 사체를 기억하는 그의 눈에 눈물이 고인다. 짐은 두 얼굴의 소녀들에 대해서 덧붙일 말이 없다.

"이 모든 미친 사람과 여기 머물고 싶지 않아요. 여기 있어봤자 나아질 것 같지 않아요."

에드바르드는 경악한 표정으로 몸을 돌려 그를 본다. 짐이 이 방에 있다는 걸 잊고 있었던 것 같다. 에드바르드의 일부는 아직도 장기가 담긴 금속 용기와 내장의 달큰한 냄새에 둘러싸인 강의실 안에 있다.

"우리는 모두 미쳤어요, 짐." 그는 말한다. "나도 미쳤고. 당신도 미쳤고."

"그럼 당신은 내가 미친 줄 어떻게 알죠?"

에드바르드는 어두운 방안의 전구처럼 짐 앞에서 환히 웃는다.

"그럴 수밖에요. 그게 아니면 당신은 여기 있지 않겠죠."

내가 병원 정문에 들어설 때마다 세계의 나머지 부분은 마치 또하나의 해안선을 훤히 드러내며 물러나는 파도처럼, 유충이 기어다니는 유다른숲의 뿌리가 드러난 나무들처럼 미끄러져 멀어진다. 나는 서둘러 사각 안뜰을 지나 짐의 병동 근처 자작나무들 아래로 간다. 사비나가 지금 그러고 있는 것처럼 언젠가 잔디밭에서 앞에 거대한 책을 펼쳐놓고 엎드린 내 모습을 상상한다. 그녀는 미래의 그림이다. 선명함과 아름다움.

"안녕, 사비나."

사비나는 대답하지 않고 마치 나무나 꽃을 보듯 나를 본다. 나는 그녀의 손 옆에 작은 꾸러미를 조심스럽게 놓아둔다.

축축한 땅에서 열기가 올라오고 그해 처음 나타난 창백한 나비들이 기다란 풀잎들 사이를 팔랑팔랑 날아다닌다. 이곳은 오로지 계절이 하나뿐인 듯하다. 이번 여름 가차없이 내린 따뜻한 비, 저 위 미동도 없는 우듬지 위에 드리운 그림자, 바람도 시간도 미래도 없는 곳. 내가 거기 갈 때면 지미 달링은 종종 다른 환자들과 무리 지어 있다. 그는 이제 병원에 속해 있다. 어쩌면 우리에게 속해 있던 적은 없었는지도 모른다. 어쨌든 내게 속해 있던 적은 없다. 한때, 아주 오래전에 로네에게 속해 있었는지는 몰라도.

모피코트를 입어서 땀이 나지만 벗고 싶지 않다. 나무에 달린 꽃들은 내 머리만큼 크고, 흰 꽃잎들이 습한 공기 속에서 흔들린다. 어떤 나무들은 무척 나이가 많아 천 살이 넘는가 하면 어떤 나무들은 아주 어리다.

"올해 어린 나무들이 많이 죽어버렸어." 짐은 이렇게 말하더니 다시 울기 시작했다. "미래의 종말이야."

멀찍이 떨어진 자리에서 나는 그가 스토라 만스 바깥 햇빛 속에 있는 모습을 본다. 그는 자작나무 아래 비탈에서 차갑고 하얀 빛을 받으며 다시 사람들을 모아놓고 얘기중이다. 가까이 가자

에드바르드와 잉에르 보겔, 그리고 다른 사람 몇몇이 그의 말에 귀를 기울이는 게 보인다. 졸린 듯한 경비원이 나를 전동문 안으로 들여보내주었다. 나는 커다란 사각 안뜰을 가로질러서 본관 앞 분수를 지났다. 이제 그가 나를 보기 직전이다. 나를 본 그는 언제나처럼 머리를 뒤로 젖히고 웃을 것이다.

"야키, 바보 꼬마 같으니! 여기 또 왔어?"

나의 존재를 그와 하얀 가운을 입은 작은 무리에게 알리기 전에 흔들리는 자작나무 그림자들 속에서 잠시 기다린다. 나를 보지 못한 상태의 그를 관찰하고 싶기 때문이다. 잠시 그 순간을 나 혼자 만끽하고 싶다. 빛 바깥에 있고 싶다.

오로지 자작나무 잎이 희미하게 버스럭거리는 소리와 그늘뿐이다. 그때 별안간 에드바르드와 다른 사람들이 웃음을 터뜨린다. 이럴 때마다 짐의 얼굴은 부드러워지고 긴장한 표정이 풀어지면서 몇 초간이나마 불안이 사라진다. 사람들이 웃는 한 더이상의 질문은 없을 것이며, 그 순간만큼은 그를 나무랄 일이 없다. 그러다 그 주위의 작은 무리는 재빨리, 마치 거기 온 적도 없는 것처럼 흩어져 사각 안뜰 너머로 사라지며 거대한 건물들에 삼켜진다. 내가 그늘에서 걸어나가고 짐은 나를 보자 두 팔을 벌린다.

"요 정신 나간 꼬마야, 또 온 거냐?" 그는 외친다. "조심해야 해, 야키, 곧 너도 나만큼이나 미칠 거야."

약간 떨어진 잔디밭에 앉은 사비나는 늘 들고 다니는 거대한 가방에서 무언가 찾고 있다. 금발이 등뒤로 흘러내린다.

"지금 몇시예요?" 나는 뭐라도 말을 붙여보려고 묻는다.

"모르겠는데. 세시 반쯤이려나."

"여기는 늘 세시 반이네요."

"나쁜 일은 언제나 세시 반에 일어나기 마련이거든."

"그래요?"

"그래. 세시 반에 예수님이 운명의 창으로 십자가에 못박혔거든. 세시 반에 내가 떨어졌고. 아무도 날 붙잡아주지 않았어."

"아, 그렇군요. 지금 가서 버스를 타야 하나 생각중이었어요."

"한 대가 막 떠났어."

"상관없어요. 그냥 집에 가는 거니까."

여기서는 늘 버스를 놓친다. 여기 오기만 하면 바로 시간을 잊는다. 무언가에 몰입하여 바깥의 모든 것을 잊는다.

"바깥에서 물건을 갖다줘서 기뻐." 사비나는 마치 내 생각을 실제로 읽기라도 한 듯 말한다. 그녀가 말을 잇는다. "한번은 에드바르드랑 시계를 올려다보고 있었어. 아직 시계가 작동했을 때였지. 시곗바늘 크기가 나만했어. 자세히 들여다보고 있으면 거인들의 시계 같았지."

"여기 있는 의사들은 전부 에드바르드 같은가요?" 나는 묻는다.

"에드바르드는 괜찮아. 하지만 그는 인생에 대해 아무것도 모르지. 그는 오로지 6호실을 담당하고 있을 뿐이고, 6호실은 체호프가 발명해낸 거야."*

---

* 안톤 체호프의 단편소설 「6호실」.

저녁이 되면 그들은 병원을 벗어난다. 전동문이 열리고 정문에서 차를 내보내주면 뒷좌석에서는 첫 술병의 코르크 마개가 열린다. 언제나 샴페인인데, 낮 동안 지하 저장고에서 식혀두었던 것이다. 에드바르드는 다리를 건너 시내로 향하고 잠든 주거지역과 거리를 지난다. 가끔은 병동에서 온 여자가 이미 뒷좌석에서 기다리고 있다. 어떤 때는 사비나이고, 어떤 때는 다른 여자다. 약물에 취해 반쯤 인사불성인 경우도 자주 있다. 자작나무 둥치가 황혼에 빛난다. 분홍과 노랑으로 얼룩진 먹색 하늘, 한줄기 길 잃은 구름, 새들, 마구잡이로 그린 천국. 에드바르드는 이따금의 외출이 환자들에게 도움이 될 거라 확신한다.

"병원의 구속을 뒤로하고 보낸 하룻밤이 여러분을 다시 인간으로 만들어줄 겁니다." 그는 말한다.

짐은 크리스털 잔을 건네받고, 앞좌석의 수납함에는 새 셔츠와 그날 밤이 빨리 지나갈 수 있도록 해줄 무언가가 담긴 작은 봉투가 있다. 그는 차창 밖으로 스쳐가는 도시를 바라본다. 가족이 있는 집으로 돌아가는 남자들, 거리를 따라 천천히 걷는 고독한 여자들. 가끔 횡단보도 앞에서 신호가 바뀌기를 기다릴 때면 자기도 모르게 기다리는 사람들 속에서 옛 친구나 동료의 얼굴을 찾곤 한다. 한번은 외무부 옆 횡단보도에서 로네의 얼굴과 딱 마주친 적이 있지만, 차는 금방 액셀을 밟아 이제 막 밤을 향해 문을 연 클럽들에서 흘러나오는 조명들 사이로 떠나버린다.

때로는 릴얀스플란의 아파트에서 어떤 여자가 밤중에 발작을 일으키고, 그러면 그녀는 동이 틀 때 그들과 함께 병원으로 돌아가야만 한다. 그들은 "빈테르손의 장난감"이라고 불린다. 이런 파티에 목적 없이 떠돌아다니는 여자들로, 가끔은 같이 어울려주는 대가로 돈을 받는다. 그들은 쓰러지면 에드바르드의 차에 실려가고 한참 후에 깨어나 온통 하얀색인 방에서 자기 위에 떠 있는 그의 얼굴을 마주하게 된다.

"걱정 마요, 아가씨. 우리가 돌봐줄 테니."

"여기가 어디죠?"

"그런 건 신경쓰지 말아요. 더는 생각할 필요가 없지요."

짐: 그 여자들은 병원에 몇 달씩 머물렀어. 아무도 찾지 않는 여자들이었지. 한참 후에야 그 여자들뿐만 아니라 우리 모두가 빈테르손의 장난감이라고 불린다는 걸 알게 됐어. 나는 시내로 들어가면서 옷을 갈아입었어. 에드바르드는 우리가 여자들에 대해 얘기하길 바랐어. 그는 항상 환자 중 한 명과 사랑에 빠졌지. 파티에 오는 그 어떤 여자들도 바깥에서 왔다고 하면 그의 흥미를 끌지 못했어. 그에게는 환자들뿐이었어. 그런 파티에서 우린 술을 상당히 퍼마셨지. 코카인, 대마초, 수면제도 있었어. 그는 아름답고 부유한 사람들에게 나를 소개했고, 과거 한때는 그 도시 속 어딘가가 내 삶이었지. 더이상 존재하지 않았지만 말이야. 우리가 병원을 빠져나가는 이런 밤에만 존재했지. 올로프 팔메가 죽던 밤, 아파트마다 오랫동안 이른 새벽까지 불이 켜져 있었어. 사람들은 창가에 서서 잔을 치켜들었어.

어떤 날 밤에는 사비나가 릴얀스플란의 아파트를 나와 계단을 내려간다. 거리에서 그녀는 짐을 향해 손을 흔든다. 짐은 나이 지긋한 여성들 몇몇과 앉아 병원 얘기를 늘어놓으며 그들을 즐겁게 해주고 있다. 이건 게임과 같다. 웃길 수 있다면 그들을 두려워할 필요가 없다. 그들의 부를, 그들이 만들어내는 여유로운 태도를. 그는 언제나 해낸다. 여자들은 목이 달아오를 때까지 두 손으로 입을 막고 킥킥거린다.

"지하통로에는 하나의 완전한 세계가 있죠." 그는 말한다. "어떤 곳에서는 나무뿌리가 천장을 뚫고 내려와요. 정말 믿을 수 없다니까요. 이전에는 고아들이 거길 뛰어다니곤 했죠. 이제는 주로 에드바르드가 스쿠터를 타고 다녀요."

"에드바르드가 이렇게 내보내주는 거군요?"

그는 한 여자의 손에 가볍게 손을 얹는다. 금팔찌 아래 피부는 주름졌다.

"그래요, 참 얄궂게도."

돌아오는 길에는 새로운 여자가 뒷좌석에 앉아 졸린 눈으로 도시를 내다보고 있다. 짐이 사비나에 대해 묻자, 에드바르드는 입이 무거워진다.

"돌아올 거예요. 사비나는 오래 나가 있지 않으니까. 기껏해야 며칠이죠."

"사비나는 나가고 싶어서 안달인 줄 알았는데."

에드바르드는 짧게 웃는다.

"그거야 그 여자 생각이고."

트라네베리 다리가 새벽의 떨리는 허연 빛 속으로 사라진다. 이제 그 다리는 마치 어느 쪽에도 매여 있지 않은 듯, 그 어디에도 이르지 않는 듯 보인다. 짐은 눈을 감고 깜박 잠이 든다. 그리고 차를 보고 짖는 경비견 소리에 깬다. 에드바르드는 아주 조용히 옆에 앉아 시계탑공원을 내다본다.

쿵스트레드고르덴공원으로 향하는 사비나 앞에 차문이 열린다. 그녀가 아는 목소리, 어두운 쿠페 속 주근깨가 가볍게 흩뿌려진 창백한 손, 지붕 위로 천천히 오르는 연기 한줄기. 그녀는 청바지와 하늘색 재킷을 입었다. 이른 아침까지 그녀는 별을 세며 밤을 새웠다. 햇빛이 돋보기를 통과하듯 나무 사이로 새어들어온다. 그녀의 머리카락은 엉겨붙고 지저분하다. 혈관에는 진정제 잔여물과 피, 그리고 다른 무언가가 섞여 흐른다. 모든 사랑보다도 더 단단하고 수정 같고 치명적이고 무거운 무언가. 머리 위 하늘은 금빛으로 일렁인다. 고독한 새들이 나무 사이로 날아간다.

"같이 병원으로 돌아갈까?"

"내가 거기 가서 뭐해?"

"피곤할 테니까. 잠이 필요할지도 모르니까."

"잠들게 도와줄 수 있어?"

"내가 할 수 있다는 거 알잖아."

"어쨌든 죽음은 나를 원치 않아."

"잠깐 들어오렴, 애야." 가게 주인이 소리친다. 그의 거대한 몸이 문을 가로막고 있다. 나는 옆걸음질로 어둠 속에 들어간다. 죽음의 냄새가 확 풍겨오고 나는 폐 깊숙이 들이마신다. 우리 뒤로 문이 닫힌다. 내가 손을 뻗어 무언가 만질 때마다 그는 가져도 된다고 소리친다. 나는 그의 말을 무시한다.

"모자 잘 어울리는구나. 너한테 잘 맞을 모자가 많아. 도쿄에서 가져온 아주 근사한 펠트 모자가 있으니 한번 보렴."

그는 내가 진짜 동물이라도 되는 양 조심스럽게 모피코트를 토닥인다. 병원에 있는 친구를 위해 무언가 특별한 걸 찾는다고 말하자, 그는 가게를 가로질러 뛰어간다. 돌아오다가 물건을 쳐서 바닥으로 떨어뜨린다. 부채, 촛대, 옷을 벗겨놓은 마네킹. 나는 조심스레 부채를 주워 도로 올려놓는다. 뒤집힌 채로 내 앞에 누운 마네킹은 팔과 다리가 기괴한 자세로 비틀려 있다. 나는 마네킹을 넘어 가게 안으로 더 깊숙이 들어간다. 잠시 자리를 비운 주인은 커튼 뒤에서 구 하나를 들고 나타난다. 그 뒤로 코드가 길게 끌린다.

"네가 찾는 거야. 이 지구본을 가져가."

그가 통통한 손가락으로 지구본을 돌리자, 바다 위에 기름진 손자국이 남는다.

"원한다면 가져가렴."

나는 그를 보지도 않고 그걸 받아서 재빨리 문으로 간다. 내가 돌아보자 그는 무력한 얼굴로 손을 뻗는다.

"잠깐 기다려. 닦아줄게."

"그럴 필요 없어요." 내가 말한다.

"아픈 사람이 너희 아빠니?" 그는 마치 나를 아는 양 불쑥 묻는다. 어쩌면 동네에서 일어나는 모든 일을 알고 있는지도 모른다. 어쩌면 캄마카르가탄 주민들의 모든 걸 아는지도 모른다.

"체르노빌 구름 때문에 아빠가 병에 걸렸어요." 나는 이렇게 말하고 서둘러 가게를 빠져나온다.

"오, 맙소사! 정말 끔찍하구나!"

그의 거대한 몸이 속도를 내기 시작한다. 내 품안으로 뛰어들어 다독여주고 싶어하는 것 같다. 나는 그가 다가오기 전에 슬쩍 빠져나와 문이 닫히도록 놔둔다.

아돌프프레드리크교회 마당의 묘비들이 어두침침한 빛 속에서 외로운 얼굴들처럼 빛난다. 저녁은 이제 너무 따뜻해서 열대 같다.

나는 지하철을 타고 브롬마플란으로 가서 베콤베리아로 가는 버스를 탄다. 병원 정문에서 내리는 사람은 나뿐이다. 이따금 사비나를 위해 무언가 들고 가기도 한다. 은색 꾸러미나 작은 봉투. 점점 병원에 애착이 느껴진다. 밤에는 병원 꿈을 꾸기 시작한다. 떨어지는 꿈을 꾼다. 짐에 대한 꿈을 꾼다. 그가 높은 나무들 사이로 굴러떨어지는 꿈, 내가 그를 알기도 전에 잃어버리는 꿈을 꾼다. 나는 면회시간이 아닐 때도 병원에 가고 병원에서도 내가 머무르도록 놔둔다. 에드바르드가 내가 마음껏 오고갈 수 있도록 조치를 해둔다. 나는 짐, 다른 사람들과 함께 식사하고, 그들이 저녁에 휴게실에서 주사위 놀이를 할 때면 옆에 앉는다. 짐은 허락을 받아 병원 부지 밖 버스정류장까지 마중나오고 어두워지기 전 배웅할 수 있게 된다. 버스가 자줏빛 땅거미와 함께 나를 싣고 떠나면 그는 작별인사로 한 손을 들고 서 있다. 내게 손을 흔드는 것인지 빛 때문에 손그늘을 만드는 것인지는 알 수 없지만, 아마도 그는 머릿속에서 이미 다른 곳에 가 있을 것이다. 내가 손을 들어도 꼼짝하지 않기 때문이다.

나는 현관에 서서 로네를 마주한다. 전등도 켜지 않고 어둠 속에 앉아 나를 기다리고 있었던 게 분명하다. 그녀는 모자를 조심스레 벗기고 헝클어지고 뭉친 머리카락을 손가락으로 빗어주며 내 속이 훤히 보인다는 듯 바라본다. 심장, 폐, 내장, 영혼.

"네 심장은 참 크구나." 로네는 지구본을 쳐다보지도 않고 옆으로 치우며 말한다.

"그런가요?"

나는 본능적으로 로네가 볼 수 없도록 가슴 앞에 손을 댄다. 갈비뼈 뒤에 숨은 심막 안의 내 심장. 큰 심장이라니, 기형처럼, 결함처럼 들린다.

"짐 얘기를 해봐."

"할 얘기가 없어요."

"병원 얘기를 해봐."

나는 시계탑공원에 이제 꽃봉오리가 맺혔다고 말한다. 부드러

운 잔디 위 사방팔방에 꽃이 핀다고. 해넘이는 더뎌서 마지막 빛
이 첫 새벽빛이 될 듯 결코 끝나지 않는다고. 사비나를 만났다고
얘기하자, 즉시 로네의 얼굴에 그림자가 스쳐간다.

로네가 내 머리카락을 매만져줄 때가 좋다. 그럴 때면 나른하
게 긴장이 풀린다. 내 머리카락은 햇빛, 유다른호수의 검은 태양
빛을 받으면 더 짙어진다. 나는 그녀가 눈 녹은 병원, 어둠과 찬
바람이 없는 지금의 병원은 어떤 모습인지 알았으면 싶다.

"원하는 만큼 자주 가도 돼, 야키. 하지만 집에 오면 나를 깨웠
으면 좋겠어. 네가 밤에 네 침대에서 자는지는 알아야겠으니까."

로네가 손으로 뭘 하는지는 수수께끼이다. 눈을 떠보면 내 머
리카락은 다시 완벽하게 부드럽고 윤기가 흐른다.

"체르노빌 사건 이후에도 다시 여름이 올까요?" 나는 그녀가
손을 떼지 못하도록 질문을 던진다.

"모르겠네. 올지 안 올지 사실 모르겠어."

"언제 알게 될까요?"

"어쩌면 영원히 알 수 없을지도 모르지. 어떤 일들은 우리가
절대 알 수 없어. 거기 가서 사진을 찍고 싶구나."

"거기 위험하지 않아요?"

"어디든 다 위험하지, 야키."

라임나무 대로
(마리온)

나무 이파리 뒷면이 진주알처럼 빛난다. 나는 마리온과 종일 시계탑공원을 걷는다. 빨간 털모자를 쓴 아이가 헐벗은 나무둥치 사이를 지그재그로 뛰어간다. 약간 떨어진 곳에는 체스 말들이 뒤집혀 있고, 나는 사비나가 그리워진다. 이제 여기 없는 모든 것이 그리워진다. 그녀가 가슴께에 나이트 흰 말을 들고 미소지으며 서 있으면 얼마나 좋을까 싶다. "체크메이트, 지미 달링."

황혼녘이 되자 마리온은 밤새도록 불이 꺼지지 않는 스토라만스의 창문 하나를 올려다본다. 누군가 거기 살고 있거나 적어도 매일 저녁 자러 돌아오는 게 분명하다. 금색으로 새긴 현판이 마지막 남은 빛과 은색 비 속에서 번득인다. 커다란 곤충처럼 건물 전면의 정문 위를 타고 올라가는 덩굴은 몇 주 전에 쳐버렸다. 마침내 이 건물에도 무슨 일이 일어나려는 모양이었다. 옛 병원의 양옆 건물은 거주용 주택으로 바뀔 테지만, 여전히 꿈쩍도 하지 않고 아름답고 은은한 붉은빛으로 장엄하게 서 있다. 유리문 안쪽은 직원들이 막 문을 닫고 나간 것처럼 모든 게 십오 년 전 그대로다. 몇몇 곳에는 여전히 표지들이 남아 있다. 창문의 철망과 병원 부지를 두른 울타리만 사라졌을 뿐이다. 울타리 부품은 예전 정문 경비실 자리, 지난해의 오래된 잔디 위에 거둬놓았다.

우리는 아무 말 없이 작은 연못 옆에 서서 얼어버린 수면을 바라보고, 주변의 추위는 깨끗하고 단단한 허리띠처럼 우리 몸을 조여온다. 연기, 서리, 수정처럼 투명한 밤. 마리온은 나이든 나무들 사이로 끝없이 뻗은 대로를 따라 뛰어간다. 나는 지금 이 자리에서 아이가 돌아오기를 기다린다. 눈을 감으면 짐과 에드바르드가 은색 벤츠를 타고 병원을 나서는 모습이 보인다. 경비원이 정문을 열어주기를 기다리며 차 안에 앉아 있는 동안 그들이 피우는 담배에서 연기가 구불구불 피어오른다. 나무에서 모든 걸 내려다보는 새들 소리. 가끔 그 여자, 사비나도 거기 있다. 반쯤 잠든 채 뒷좌석에 앉은 그녀는 한손에는 유리잔을 들었고 기다란 하얀 머리는 의자 등받이에 깃털처럼 흩어져 있다. 짐은 셔츠 단추를 채우고 뒷거울에 비친 자기 얼굴을 찬찬히 살핀 후에 샴페인 첫 모금을 들이켠다. 전동문에서 희미하게 쌩 하는 소리가 들리는가 싶더니 마침내 문이 열리고 그들은 병원 공원 밖으로 내보내진다. 그들은 라임나무 대로를 소리 없이 스르르 미끄러지듯 지나 병원에서 이어지는 좁은 길을 타고 다리 너머 도시의 불빛을 향해 간다.

"이제 집에 가요, 엄마?"

아이의 몸은 차갑고 손은 연못 바로 옆 전등 위에 눈뭉치들을 얹어 작은 눈 전등을 만드느라 불긋하다. 하지만 우리는 초도, 성냥도 없다. 나는 아이의 손을 잡고 호호 불어가며 따뜻하게 데워준다.

"잠깐 안에 들어가보려고 했지."

"안에 들어가서 뭐해요?"

"모르겠어. 조금 걸어볼까."

"안은 어둡지 않아요?"

"어둡지, 하지만 위험하진 않아."

"정말요?"

"정말이야, 마리온."

스토라 만스 뒤편 붉은 벽에 누군가 커다란 심장을 새겨놓았
다. 홀로 큰 소리로 혼잣말을 하며 사각 안뜰을 건너가는 남자
한 명, 개들을 산책시키는 여자 한 명을 제외하고는 우리밖에 없
다. 구름은 이상하리만치 낮게 걸려 있고, 우리는 쌀쌀한 바람
속을 걸어 잠긴 문을 잡아당긴다. 아이 몇 명이 우리가 앉아 있
곤 하던 자작나무 그늘 아래 비탈 옆 일렬로 늘어선 노란 건물들
에서 뛰어나온다. 아이들은 우리를 향해 여기가 이전에 정신병
원이었던 것을 아느냐고 외쳐 묻는다.

"그래." 나도 외친다. "어렸을 때 우리 아빠가 여기 있었어."

내 대답에 아이들은 슬금슬금 물러서며 대로 쪽으로 향한다.
예배당과 본관으로 돌아가자 눈이 내리기 시작했다. 4월의 고운
눈. 내 안에 눈이 내리는 느낌이 들려고 할 때, 마리온이 예기치
않게 뒤쪽에 있는 문 하나를 간신히 연다. 눈의 순수한 냄새와
함께 빛이 훅 끼친다. 지하의 부드럽고 어슴푸레한 빛, 그리고
이십 년도 더 지나 처음으로 병원 안에 다시 발을 들여놓자 덮쳐
오는 슬픔이라는 감각.

"누가 아파요?" 마리온은 그애만의 방식으로 나를 바라보며
묻는다. 그 누구도 그런 식으로 나를 보지 않았다. 그애는 나를
믿는다. 무슨 일이 있어도.

"아무도 아프지 않아. 병원은 오랫동안 닫혀 있었어. 가자."

아이는 손에 하얀 새의 깃털을 들고 복도를 따라 사라져버린다. 저멀리서 아이가 노래하는 소리가 들린다. 그곳은 여전히 수영장에 어린 빛을 떠올리게 하는, 비에 젖어 반짝이는 녹색이다. 그리고 다인실은 방마다 다른 패턴의 벽지가 발라져 있다. 시간이 흘러가는 게 눈에 보이는 듯하다. 40년대, 50년대, 60년대, 70년대, 80년대. 벽에 기대놓은 약품 카트들, 창문이 깨져 바닥에 쌓인 유릿조각더미들, 우리만 있는 게 아니라는 의심. 짐이 내게로 다가오고, 에드바르드가 하얀 의사 가운을 휘날리는 모습이 보이는 듯하다. 그리고 창밖을 내다보면 자작나무 아래에서 담배를 피우며 서 있던 그 시절 짐의 병동 친구들, 그 늙은 남자들이 다시 거기 나타날 것만 같다. 눈을 감으면 내 목을 감싸던 파울의 커다랗고 따뜻한 손, 그의 숨결이 느껴진다.

"날아갈 시간이야, 꼬마 나비."

사람들 말로는 이전 환자들이 베콤베리아의 시계탑공원으로 계속 돌아온다고 한다. 병원 건물의 심장이 아직도 뛰고 있는지 확인하려는 듯 나무 아래서 햇빛에 바랜 벽에 두 손을 대고 서 있다고. 옅은 핏빛의 병원 전면에 손을 대자 손바닥 아래에 연약한 인간의 박동이 느껴지는 것 같다. 한때 여기 있었던 모든 이의 그림자와 목소리가 덫에 걸린 새들처럼 날아올랐다 떨어진다. 눈을 감으면 나와 짐이 병원 시계탑 바로 아래에 웅크리고 누워 그의 거친 겨울 외투를 덮고 잠들어 있는 모습이 보인다. 언제나 그랬듯 세상엔 우리 둘뿐이다. 우리와 그의 불행뿐. 잠들어 있는 동안 그가 두 팔로 나의 어깨를 감싼다. 내가 추위를 느끼지 못하게.

II

두번째 대화
(대서양)

우리는 땅거미 질 무렵, 그림자들이 희미해지다 사라지고, 강렬하고 새하얀 스페인 햇빛 대신 부드럽고 가벼운 빛이 비치는 시각에 카리뇨에 내린다. 마리온은 차에서 아주 조용히 앉아 푸른 산맥을 바라본다. 아이는 다시 손가락을 빨고, 예전에 빠르게 나았던 작은 생채기가 축축해져 다시 더친다. 야자나무 사이로 파닥거리는 박쥐의 형체가 보인다. 밤중에 날리며 떨어지는 낙엽처럼 희미한 빛 속에서 검은 점들이 재빠르게 움직인다. 풀과 나무는 햇볕에 바짝 그을었고, 어딘가 유기의 느낌, 주민들이 이곳을 버리고 떠나간 느낌이 있다. 짐이 몇 년 전 이곳으로 이사왔을 땐 모든 게 달랐다. 낙관주의가 흐르고 있었다. 지금은 집들 사이로 사람들의 모습을 거의 볼 수 없다. 그저 저멀리에서 날카롭게 짖어대는 들개 울음소리와 돈이 떨어지는 바람에 절대 완공되지 못할 운명인 지붕 없는 빌라들, 황무지에 내던져진 벌거벗은 콘크리트 시체들뿐이다.

메마른 평원을 내다보며 앉아 있는 짐은 피곤해 보인다. 우리 머리 위로 새들이 끽끽 울어대며 노란 안쪽깃으로 밤이 되기 전 하늘의 마지막 희미한 주황빛을 가르며 솟구친다. 회전교차로를 돌 때 차 헤드라이트가 궁핍한 소녀들의 얼굴을 비춘다. 그들은 자신들이 가진 유일한 것을 판다. 동유럽인의 육체를.

마리온이 아래층에서 잠든 후에 우리는 어둠 속 테라스에 앉았다. 발아래 파도가 부딪히는 소리가 집안에서 흘러나오는 부드러운 음악소리를 삼킨다. 짐이 몇 번이고 연주하곤 하던 바흐의 〈마리아 송가〉다. 이따금 그는 안으로 들어가서 축음기 바늘을 '에트 미세리코르디아(그리고 자비를 베푸십니다)'라는 악장에 맞춘다. 나는 그의 반복적인 행동, 그를 아래로 끌어당기는 어두운 생각과 꿈의 소용돌이를 알아챈다.
"이제 어떻게 되나요?" 내가 묻는다.
"얘야." 그는 말한다. "내가 어떻게 끝날지 너도 알잖니. 이모반 수면제 육십 알과 위스키 한 병을 통째로 마신 후에 바다로 걸어들어갈 거야. 시간이 별로 남지 않았다."

별들은 하늘에서 슬쩍 움직인 듯 보이고, 어둠 속에서 우리는 절대 멈추지 않는 대양의 숨소리를 듣는다. 해변에 부딪혔다가 다시 깊은 심연으로 물러가는 무거운 파도.

"언제 할 생각이에요?"

"확실히 말은 못하겠다. 안에서 뭔가 떨어지는 느낌이 들겠지. 너한테 시간과 장소를 알려줄 순 없어. 시간표도, 좌표도 없으니까."

"그다음에는요?"

"내 재를 대서양에 뿌리든지 스톡홀름으로 데려가다오. 비타와 헨리크가 묻힌 스코그쉬르코고르덴*의 가족묘로."

---

* 1994년 유네스코 세계문화유산으로 선정된 묘지공원.

열린 발코니 문 사이로 저 아래 해변의 야자나무 아래에서 놀고 있는 마리온의 높다란 목소리가 들려온다. 내가 있는 창문 아래 잔디밭에는 하얀 종이비행기가 추락해 흩어져 있다. 나는 밤새 깨어 있었지만, 마리온은 곤히 잠들었고 바다에 왔다는 생각에 들떠서 일어났다. 아이는 눈을 뜬 순간부터 종이비행기를 접기 시작했지만 나중에는 까맣게 잊어버리고 조약돌과 불가사리를 찾으러 해변으로 뛰어가버렸다. 나는 아이가 서 있는 곳으로 걸어간다. 가느다란 다리로 흐릿하게 일렁이는 물속에 서 있는 아이에게서 조금 떨어진 곳까지. 그러고는 수건을 깔고 누워 책을 읽는다. 힐끔 바라보니 아이는 광대한 거울 속에 서 있는 듯하다.

우리 가족 중에서 망가지지 않은 사람은 마리온뿐이다. 그애는 완벽하다. 운동화를 신은 성냥개비처럼 날씬한 다리와 높이 솟은 흉곽. 내 옆 모래밭에 누워 햇빛과 대서양의 포효 소리에 흠뻑 젖은 아이의 심장이 뛰는 게 보인다. 매끈한 배, 팔, 그리고 파라솔 아래서 잠이 든 채 해파리처럼 벌렸다 접었다 하는 손. 로네 말로는 마리온이 내 눈을 물려받았다고 한다. 마리온의 눈을 보고 있노라면 어릴 때 내 눈을 들여다보는 것 같다고. 이따금 나는 눈빛을 물려준다는 것이 가능한지, 어둠이 대를 물려 이어지는 것인지를 생각한다.

짐이 내 어깨를 건드린다. 그는 소리도 없이 해변으로 내려와 내 옆에 앉아 있다. 아마 내가 졸았던 모양이다. 그가 담뱃불을 붙일 때 훅 끼쳐오는 황냄새에 깨어난다. 그는 대양 저멀리, 바다와 하늘이 만나는 흐릿하고 떨리는 수평선을 내다본다. 타는 듯한 햇빛이 파라솔을 뚫고 들어온다.

"내가 여기 살았던 적이 없는 것처럼 될 거야, 야키. 그리고 너는 그럭저럭 버텨낼 수 있을 거다. 언제나 그랬으니까. 나는 네가 기댈 수 있는 사람이었던 적이 없잖니. 너도 알잖아."

대양은 완전히 잔잔하고 미동 하나 없다. 그는 천천히 말을 잇는다.

"모든 것이 까맣게 변하기 직전에는 공포가 없어. 그저 의식의 가장자리에 희미한 빛이 비칠 뿐이야. 시간이 더는 존재하지 않으면 고통도 존재하지 않아. 우주가 끝을 맞으면 두려워할 것도 없지. 그건 일종의 낙원이야, 야키. 내게 손짓하는 낙원."

우리는 야자나무 아래를 지나 돌벽을 따라 걷다가 집으로 올라온다. 마리온은 빨간 공을 들고 앞서 달려간다. 열기가 우리를 장벽처럼 단단하게 감싸고 있다.

카리뇨의 황혼은 무척 짧다. 모든 것이 경고도 없이 어둠에 잠긴다. 이곳 저녁의 빛은 눈에 띄게 밝다가 불길하게 잦아들고 무게를 잃은 후 곧장 바닷속으로 사라진다. 우리는 차를 타고 빌바오로 간 뒤, 거기서 비행기를 타고 마드리드까지 가서 다시 스톡홀름으로 가는 비행기로 갈아탈 것이다. 공기 중에는 진한 소나무향과 소금 짠내가 풍긴다. 낮의 열기가 흔들리는 수의처럼 산위에 맴돈다. 길 양쪽으로 야자나무가 질주하며 지나간다. 저멀리 거대한 소금더미의 광채가 보인다. 작은 뒷거울로 짐과 잠시 눈이 마주치고 나는 계속 도로를 응시한다. 거울 속 주름이 깊고 쓸쓸한 그의 얼굴에는 보이지 않는 고통의 흔적이 남아 있다.

창백한 보름달이 산 뒤에서 모습을 드러냈는데도 태양은 여전히 하늘에 낮게 걸린 채 타오른다. 그들은 서로의 곁에서 빛을 낸다, 오누이처럼. 내 옆에 앉은 마리온은 턱에 작은 침자국을 남기며 저멀리 산들을 바라본다. 짐에게 가지 말라고 해야 하는데, 벌써 그가 웃는 소리가 들린다. 짐의 웃음소리가 차가운 파도처럼 내 위로 밀려와 부서진다. "기억해, 야키. 내가 살아가야 할 이유가 되는 사람은 없어. 사랑해야 할 사람은 없어. 한 번도 없었어."

대신 나는 묻는다.

"그럼 짐이 실패해서 결국 어느 병원으로 가게 되면 난 어떻게 해야 하죠?"

"아무것도 하지 마라." 그는 뒷거울을 통해 나를 보고 미소 짓는다. "난 절대 실패하지 않을 테니까."

"하지만 이전에도 죽고 싶어했잖아요." 나는 말한다. "이번이 처음도 아니잖아요."

"날 믿어, 야키. 난 내가 하는 일을 잘 알아."

"좋아요. 마음대로 하세요. 언제나 그랬으니까."

약간 떨어진 곳에서 외로운 플라밍고 한 마리가 날아오른다. 타오르는 빛 속에 환하게 일렁이는 분홍 새는 불이 붙은 듯, 물속에서 쏘아올린 불꽃에 휩싸인 듯하더니 이내 하늘을 날아가는 천사처럼 보인다. 나는 고개를 뒤로 젖힌다. 짐과 며칠을 보내고 나니 질식할 것만 같다. 새들이 우리 앞 도로 위에서 날아오른다. 너무도 바짝 날고 있어서 작고 하얀 형체들이 앞유리를 치고 갈 뻔하기도 한다. 태양 저기 어딘가에는 비타의 외로운 육신이 있다. 나는 여전히 환한 봄 외투를 입은 그녀를 상상한다. 머리 위에 작은 낙하산처럼 떠 있는 외투. 비타와 짐은 무엇을 한 걸까? 우리가 지금 하는 것과 같은 죽음의 게임을 한 걸까? 비타는 작별인사도 없이 떠났다. 어쩌면 짐은 이별의 다른 방식을 모를 수도 있다. 이전에 그가 비타의 마지막 나날에 대해서 말해준 적이 있었다.

짐: 그 봄 내내 나는 비타가 죽을 거라는 걸 알았어. 비타는 술을 마시고 소파에 누워 지냈지. 나는 이미 비타가 떠난 후 아파트를 어떻게 다시 정리할지도 계획해두었다. 내가 비타의 침실을 차지할 생각이었지. 그렇게는 되지 않았지만. 형과 나는 쿵스홀멘에 있는 새 아파트로 이사했거든. 그 돈이 어디서 났는지는 모르겠어. 어느 날 훌쩍 이사간 거야. 갑자기 새집에서 짐 상자에 둘러싸여 있었지. 비타와 헨리크는 둘 다 떠나버렸어. 마치 존재하지 않았던 것처럼. 온 세계가 그들과 함께 사라졌지. 비타의 사진을 보면 다른 사람을 보는 것 같았

어. 그 사진들을 천 번은 봤을 텐데도. 내 어머니였던 사람같이 보이지 않더라고.

흑해

짐과 에드바르드는 창가에 서서 나무 우듬지를 내다본다. 공항에 착륙하러 내려오는 비행기들이 하늘 위에 저마다 또하나의 선을 그린다.

"왜 그렇게 슬픈 것 같아요, 짐?"

"왜 그렇게 슬프냐고? 당신은 왜 그렇게 명랑한가요, 에드바르드?"

에드바르드는 그 특유의 편안하고 낭랑한 웃음을 터뜨린다.

"그래요, 나는 왜 그렇게 명랑할까요?"

"저기 바깥세상은 끝장났는데 당신은 근사한 아파트에 홀로 있죠. 당신에게는 우리밖에 없잖아요. 우린 모두 미치광이고."

"당신을 미치광이라고 불러야 할진 모르겠네요."

"내 말이 무슨 뜻인지 알잖아요. 구제불능이란 거죠."

"짐은 아니에요. 당신은 내면에 금맥을 갖고 있어요, 짐. 다만 그걸 어떻게 쓸지 모르는 것뿐이지. 이 모든 게 어떻게 시작됐는지 얘기해줄 수 있나요?"

"내가 병원에 왔을 때요?"

"그래요. 아니면 세상에 나왔을 때라든가. 당신에 대한 최초의 이야기. 늘 언제나 그런 얘기가 있기 마련이죠."

"내가 아는 거라곤 비타와 헨리크가 나를 곧장 출산 병동에서 쿵스가탄으로 데려가 축하했다는 것뿐이에요. 사방팔방에서 사람들이 흰 깃발을 가지고 뛰어나왔고 허공에는 꽃가루가 커다란 빗방울처럼 흩날렸죠. 사진 봤잖아요."

"아름다운 시작이었네요."

"그렇게 생각해요?"

"네."

"난 모르겠어요." 짐이 말한다. "늘 거창한 제스처가 있어야 했거든요. 비타는 쿵스가탄에 가야만 했어요. 첫아이를 낳았을 뿐만 아니라, 사람들이 다 거기 있었으니까."

"하지만 전쟁이 끝나서 행복했던 걸 수도 있잖아요. 평화로운 시기에 당신을 낳았으니까."

"비타는 나랑 똑같아요. 그 무엇도 그녀의 마음에 차지 않았어요. 아버지가 죽기 전에도 비타는 행복해하지 않았죠. 아버지가 살아 있을 때도 그만큼 불행해했어요. 헨리크는 언제나 비타를 데리고 빛 속으로 들어가려고 했지만, 그녀는 들어가려고 하지 않았어요."

"어쩌면 데려갈 수 없었는지도 모르죠. 더 좋아할 만한 게 없었던 건지도."

"그럴 수도 있죠. 매일 아침, 비타는 베이지색 주름치마를 입고 시내로 출근했어요. 나는 그녀가 빗을 꺼내 머리를 빗고 모퉁이를 돌아가는 모습을 보았죠. 비타는 우리 동네에서 처음으로 일하러 나가는 여성에 속했고, 그래서 나는 그녀를 존경했어요. 그 노력을 보았고 권태와 의심도 보았죠. 그 모든 걸 이해하는 데 아무 문제도 없었어요."

"그럼 당신은 어때요, 짐? 당신 인생에도 행복했던 순간들이 있었을 거 아니에요."

"그래요. 난 여기 병원에 있을 때가 가장 행복했어요."

"이제 가자." 사비나가 북쪽 울타리로 난 감시자가 없는 보도 쪽으로 짐을 끌어당긴다. 매일 가도 된다고 허락받은 가게로 이어지는 길이다. 병원에서 육 개월을 보내면서 짐은 외출을 허락받는 일이 점점 잦아졌다. 그들이 활과 화살을 들고 정문 옆에서 초조하게 기다리자, 잉에르 보겔이 허리에 커다란 열쇠꾸러미를 쩔렁이며 복도를 걸어왔다. 힘겹게 울타리를 넘은 그들은 무작정 나무 사이를 달린다.

저멀리서 경비견들이 짖는 소리가 들리기도 전에 그들은 활을 쏘려고 멈춰 선다. 사비나의 정확도는 그야말로 환상적이다. 화살은 핑 소리와 함께 완벽한 호를 그리며 공기를 가르고 목표물로 삼은 나무둥치를 맞힌다. 그들은 더 깊은 숲속으로 들어가며 화살을 쏜다. 짐의 화살이 고작 1, 2미터 떨어진 이끼를 맞히자 그녀가 웃음을 터뜨리고, 개 짖는 소리는 점점 더 가까워진다.

"당신은 절대 못 맞힐 걸, 짐. 그래도 괜찮아."

이제 개 짖는 소리가 사방을 벽처럼 에워싼다. 사비나는 작은 휴대용 거울을 나무둥치에 고정시키고 얼굴을 들여다본다. 자신의 운명은 사실 다른 곳에, 앞에 보이는 반사상 뒤에 숨겨져 있다는 것 같다. 그녀는 인형 같다. 약 때문에 눈이 거슴츠레하고 얼굴은 푸석해졌다. 짐이 사비나 뒤에 서서 거울을 들여다본다. 거울 속 세상에서 그들은 딴사람이다. 병원도, 규칙도, 미래도 없다. 오로지 나란히 선 두 얼굴뿐.

짖는 소리가 더 커진다. 무척 가까이 들렸다가 이내 잦아든다. 한 무리가 몰려온 게 분명하다. 짐은 거울 속에 비친 사비나의 얼굴을 본다. 사비나는 자기 얼굴을 살펴봐야 하지만 그를 보고 있다. 잠시 후에는 시선을 돌려 거울 뒤의 나무를 본다. 나무 우듬지 사이로 흐르는 부드러운 빛을 바라본다.

"당신 같은 사람은 처음 봐."

"그걸 기뻐하도록 해." 사비나는 그의 목을 살며시 감싸 자기 쪽으로 끌어당긴다. "아인슈타인이 했던 가장 행복한 생각이 뭔지 알아?"

"전혀 모르겠는데."

"떨어지는 사람은 모든 법칙에서 벗어나 있다는 거야. 떨어지는 동안에는 중력을 느끼지 못하니까."

"난 당신이 떨어지길 바라지 않아, 사비나. 내가 행복하게 해줄 수 있을 거라고 생각해."

"모두가 그렇게 생각하지. 당신은 그럴 수 없어. 가자."

그들은 나뭇가지를 피난처삼아 땅 위에 눕는다. 짖는 소리가 더 가까워진다. 나무 사이를 쿵쿵 걸어다니는 빠르고 무거운 발소리. 공포의 냉기가 액체처럼 그의 등줄기를 타고 흐른다. 짐은 사비나의 주근깨가 있는 맨 어깨에 입을 맞추고, 잔디 위에 몸을 쭉 뻗고 누운 그녀를 보고 이제껏 본 사람 중에 가장 빛나는 사람이라고 생각한다. 그는 매일 아침 병동에서 일어날 때마다 그녀가 세상에서 제일 아름다운 사람이라는 생각을 한다.

"당신은 무엇보다 너무 과하게 지적이야, 사비나."

"누구에 비해서?"

"나에 비해서. 당신은 공부를 해야 해."

"이전에 대학을 한 학기 다녔어."

"그래? 무슨 공부를 했는데?"

"수학. 동물학. 푸코의 진자에 대한 단기 강의."

"왜 그만뒀어?"

"난 일찍부터 강의를 듣기 시작했어. 우리집이 대학 바로 옆이었거든. 학교에 가는 대신, 대형 강의실 뒤쪽에 앉아 수업을 들었지. 이따금 자기도 했어."

짐은 그녀의 머리카락을 쓰다듬는다.

"가끔은 대학에 가지 말걸, 이런 생각도 했어. 나는 피아노를 치고 글을 쓰는 걸 더 좋아했을 거야. 그랬다면 다른 사람이 되었겠지."

사비나는 그에게 강렬한 키스를 퍼붓고 다시 밀어낸다.

"당신이 참아주기 힘든 사람이 되었을걸."

잠시 후 사비나는 나무에 기대어 옅게 비치는 빛에 눈을 감는다.

"지미 달링." 그녀는 말한다. "지금 나랑 갈 거야?"

개들이 짖는 소리가 그의 몸속을 차가운 맥박처럼 지나간다. 두 사람은 숲을 달려간다. 짐은 달려가면서 눈앞에 떠도는 로네의 얼굴 환영에, 한두 시간 후에는 병동으로 돌아갈 생각이었다는 걸 깨닫는다. 개들이 나무들 사이로 달려오자, 그는 사비나의 손을 놓고 천천히 두 손을 머리 위에 얹은 채 경비원들에게로 걸어간다.

짐: 나는 길옆 나무에 기대선 그 여자의 모습을 머리핀과 풀잎, 검은 깃털들 사이로 보았어. 그 여자가 거울을 들여다보는 걸, 자기 자신을 응시하는 걸 보았어. 작은 반사상의 텅 빈 표면에는 결코 아무것도 없었어, 그저 공허함뿐. 사비나는 내 마지막 위대한 사랑이었어. 그런데도 그 사람과 내가 병원 밖에 있는 모습을 그려볼 수 없었어. 내가 그런 사람과 있는 모습도 전혀 그려볼 수 없었어. 야만적이고 순수하고 규칙에 얽매이지 않는 사람.

창백한 태양이 시계탑공원 맞은편 나무 우듬지 뒤로 사라진
다. 하늘은 달팽이의 내부 같다. 오돌토돌한 황금빛, 빗속에 헐
벗고 검어진 나무들. 로네의 외투만이 하얗게 빛난다.

"가끔 이 병원에서 자란 것만 같아요." 나는 말한다.

"그래, 넌 언제나 오고 싶어했지. 아침에 일어나자마자 손에
작은 샌드위치를 들고 지하철로 뛰어갔어. 네가 잠시라도 학교
를 갔는지는 모르지만, 원하는 만큼 빠질 순 있었던 게지. 늘 잘
해왔으니까."

"하지만 그렇게 잘하지 않았는걸요?"

"성적이야 약간 떨어졌을 수도 있지만, 늘 영리했잖아."

"하지만 이상하지 않았나요? 내가 그렇게 오래된 정신병원에

서 많은 시간을 보낸다는 게?"

　로네는 한참 나를 바라보다 대답한다. 나는 그녀가 자기 생각에 잠겼다 돌아오는 모습을 본다. 곧 이 꿈은 스러져갈 것이다. 그녀를 좀더 오래 붙잡아놓을 수 있으면 싶다.

　"그게 그렇게 이상한 건지는 모르겠다. 넌 언제나 아빠와 가까이 있길 바랐으니까."

　"하지만 짐은 정말로 아빠 같지는 않았어요."

　"그럼 뭐였는데?"

　"모르겠어요. 그냥 다른 존재였어요."

　"그럼 너는 어째서 여기 왔지?"

　태양은 이제 희미해져 하늘에는 오로지 거미줄 같은 황금빛만이 걸려 있다.

　"난 짐을 집으로, 로네에게로 데려다줘야 한다고 생각했어요."

　"하지만 난 그를 원치 않았는걸. 그건 잊어버렸니?"

　"그런 것 같네요."

우리는 병원 특유의 조명이 있는 방에 앉아 있었고 나는 스웨터 소매 안으로 손을 숨긴다. 에드바르드에게 되도록 작게 보이고 싶기 때문이다. 얼굴도 숨기고 싶지만 얼굴은 언제나 드러나 있다. 나는 책상 위에 지구본을 놓아두었다. 그는 말없이 앉아 연필로 책상을 두드린다. 그의 손에 난 주근깨들은 몇 개의 점으로 합쳐진 것처럼 보인다.

"이게 무슨 노래인지 아니?"

"전혀 모르겠는데요. 노래이긴 해요?"

"그래, 〈나를 외로운이라 불러줘〉. 엘비스 프레슬리 노래야."

"아."

그는 이제 미소를 거둔 채 나를 빤히 본다. 밤 동안 병원에 불이 났었다. 매캐한 연기냄새가 아직도 부지에 서려 있다.

"네 아빠는 위험하지 않아. 단지 어지럼증이 일었을 뿐이야."

"그렇군요. 이제 가봐도 되나요?"

"잠깐 기다려, 야키. 어째서 여기 이렇게 자주 오는 거니?"

그가 내 대답을 기다리지도 않고 말을 잇는다. 조금만 머뭇거
리면 늘 그렇다. 사람들은 언제나 자기가 던진 질문에 대한 답까
지 가지고 있다.

"널 위해서 짐의 문제를 해결하마."

"그래요."

"짐은 뭔가 잃어버렸지만 그게 뭔지 몰라."

"지금 잃어버렸대요? 지금 막?"

"아니, 오래전이었지. 이제 그건 텅 빈 공동이 되어버린 것 같
아."

"그럼, 박사님은 그런 공동을 어떻게 하시나요?"

"아무것도 안 해."

"아무것도요?"

"그저 너와 짐만 관련 있는 문제가 아니야. 새로운 세계가 우
리를 새장처럼 조여와. 우리는 욕망, 마비, 공허 사이에 던져지
지. 그리고 질병은 히로시마, 세계대전 같은 가장 난폭하고 괴물
같은 사건들조차 흡수해버려."

"잘 이해가 안 되는데요." 나는 말한다.

"신경쓰지 마. 나도 그러니까."

"이제 가서 짐을 만나도 되나요?"

에드바르드는 잠깐 망설인다.

"그게, 짐은 지금 여기 없어."

그것도 내가 전혀 이해할 수 없는 말이다.

"그럼 어디 있는데요?"

"짐은 지금 면회를 할 수 없어. 몇 분만 기다리면 내가 시내까지 태워다주마."

지구본을 안고 다시 밖으로 나갔을 때 시계탑공원은 가벼운 안개에 휩싸여 있다. 오랜 열병 후 태양은 하얗고 희미하게 빛난다. 남자들이 구름 같은 담배 연기 아래 서 있다. 언제나 그랬고 앞으로도 그럴 것이다. 그늘이 없는 얼굴들. 벌거벗고, 솔직하며, 이글거리는 눈을 가진 얼굴들. 그들은 모두 나의 빗지 않은 기다란 머리카락, 머리, 부드러운 옷을 만져보고 싶어한다. 축복해주려는 것인지, 아니면 다른 의도가 있는지는 알 수 없지만 나는 말리지 않는다. 그들은 나를 볼 때마다 언제나 똑같은 말을 한다.

"넌 여기 있어선 안 돼. 여긴 너 같은 애가 올 데가 아니야. 그렇게 예쁜 모피코트도 그렇고 전부 다."

"하지만 이 세상에 달리 가고 싶은 데가 없는데요." 나는 대답한다.

그들은 나의 고집스러운 태도를 비웃는다. 오로지 사비나만이 나를 가만히 놔둔다.

"이거 갖고 싶은 사람 있어요?" 나는 지구본을 내민다. "여기 안에 불도 들어와요."

스포츠재킷을 입은 늙은 남자가 크고 옹이진 손을 내민다.

"내가 가져도 되겠니?"

"가지세요. 원래 주려고 했던 사람은 필요 없대요."

예배당 옆에는 차창 안쪽에 하얀 커튼을 친 커다란 검은 차가 서 있다. 제복 차림의 처음 보는 남자가 후드 위에 펼쳐놓은 신문 위로 몸을 숙이고 있다. 사비나는 콤팩트파우더를 들고 나무 그늘 아래 벤치에 앉아서 작은 거울로 얼굴을 살펴본다. 어쩌면 다른 얼굴을 찾느라 한참 들여다보는지도 모른다. 잉에르 보겔은 약간 떨어진 나무 그늘 아래서 공원 저편을 바라보고 있다. 사비나가 몸을 돌리자 나는 작은 꾸러미를 그녀 앞 잔디에 슬쩍 떨어뜨리고, 그녀는 뱀처럼 재빨리 한 손을 내밀어 낚아챈다.

"밤에 불이 났다고 하던데요. 작업장에서 누가 자기 몸에 불을 붙였다고." 나는 사비나를 붙들고 싶어서 말한다.

그녀가 대답하지 않자 또 말을 잇는다.

"그 남자 괜찮아요?"

"그 여자. 여자였어."

"아, 그 여자 괜찮아요?"

사비나는 창백한 눈으로 나를 올려다본다. 환한 햇빛에 그녀의 동공이 줄어든다.

"널 보면 누가 떠오르는지 알아? 내가 오래전에 좋아했던 사람."

"다들 늘 내가 누군가를 닮았다고 생각해요." 나는 말한다. "내가 그저 나일 뿐이라는 사실이 말도 안 된다고 생각하죠."

그녀가 웃는다. 짧게, 변덕스럽게.

"그냥 널 보고 행복했다는 말이야."

"그 여자가 괜찮은지 궁금했을 뿐이에요. 불이 붙었다는 여자."

"괜찮을 리가 없니. 그렇지만 들어봐, 네가 닮은 사람은 나야. 이전의 나. 넌 어깨가 수영선수 같잖아. 나도 이전에 수영을 했거든. 언젠가 기회가 되면. 대서양을 헤엄칠 거라고 생각했어."

그녀는 벤치에서 일어나 내 어깨에 살짝 손을 올린다.

"이전에……"

"응?"

"이전에…… 내 말은 이전이라는 게…… 사비나가 여기 오기 전을 말하는 건가요?"

"아니, 다른 거야. 아주 오래전을 말하는 거란다. 세계를 통과하는 방법, 내가 실제로 대답하고 싶지 않은 수많은 질문을 던지는 방법에 대한 얘기야."

"무슨 질문요?"

"평범한 거. 나는 그런 질문에 갇혀 있었던 것뿐이야. 더이상 앞으로 나아갈 수 없었어. 너는 계속 나아가는 사람이지. 어떤 프랑스인이 그걸 했다더라고. 칠십이 일 동안. 오스터빌*에서 라벨일**까지. 물리적으로 불가능한 일이야. 매일 열여덟 시간씩 수영해야 했을 텐데. 분명 호위 보트에 올라 레드와인을 마시면서 앉아 있었겠지."

음침한 미소를 띤 에드바르드가 어느새 사비나 옆에 서 있다.

"당신 애인은 어디 갔어, 사비나?"

에드바르드의 은색 차는 하루종일 햇빛에 서 있었다. 좌석이 맨다리에 닿자 델 것만 같다. 나는 병원을 나서기도 전에 잠에 빠져든다. 뒷거울로 그의 눈길을 느끼고 잠에서 깬다. 좌석에 침

---

* 미국 매사추세츠주의 마을.
** 프랑스 브르타뉴 지방의 섬.

을 살짝 흘렸는지 기다랗게 흔적이 남았다. 나는 그걸 손으로 훔친다.

"얼마나 오래 잤어요?"

"잠깐. 무슨 꿈이라도 꾼 거니?"

"아뇨." 나는 재빨리 대답한다. "언제부턴가 꿈을 안 꾸는 거 같아요."

"정말로 네 꿈에 어떤 영향을 끼치고 싶으면, 다음번에는 새를 주의해."

"새를 보면 어떻게 해야 하는데요?"

"따라가. 그게 다야."

등뒤로 차문을 닫자 갈까마귀 한 무리가 날아오른다. 순간 그 소리에 귀가 먹먹해진다.

"여자애가 운명도 기구하네."

로네는 경고라도 하듯 부엌 탁자 위에 신문을 펼쳐놓는다. 몇 년 전 여름, 고속도로 옆에서 비닐봉투 몇 개가 발견되었다. 우리가 이전에 살던 곳에서 멀지 않은 곳이었다. 그 봉투 안에는 죽은 소녀의 유해가 들어 있었다. 절단된 가슴, 팔과 다리. 하지만 머리는 없었고, 복부도 없었다. 신문 속 사진을 더 자세히 보니 소녀의 갸름한 얼굴은 무척이나 가는 연필로 그린 듯하고, 갈색 눈의 시선은 불가해하다. 소녀의 냄새를 맡은 맹수가 그녀를 세계로부터 뜯어낸 듯, 보이지 않는 발톱이 안쪽에서부터 찢어내버린 듯하다. 비인간적인 익명의 허기가 포식자처럼 도시를 돌아다닌 것 같다. 신문에 따르면 신체 절단으로 봤을 때 범인은 푸주한이거나 건축가, 의사일 수 있다고 한다.

로네는 흑해 여행에 같이 가자고 설득하려 하지만, 나는 여름을 보낼 다른 계획이 있다.

"가끔 가서 짐을 만나야 해요. 할머니도 찾아뵙고."

"그리고 친구들도 만나고?"

"친구 없는 거 알잖아요. 혼자인 게 좋아요."

로네는 내 앞 마룻바닥에 무릎을 꿇는다.

"나랑 같이 가. 이번 한 번만."

"싫어요."

다음날 로네는 가버린다. 나는 창문을 모두 열고 찬바람이 아파트 안에 흐르게 한다. 재떨이에서 그녀의 담배꽁초 하나를 찾아서 피우며 신문에 나온 죽은 여자아이의 얼굴을 찬찬히 살핀다. 꽁초에는 빨간 립스틱 자국이 가늘게 남았다. 여름, 멘톨, 라즈베리 냄새와 함께.

로네는 가기 전에 짐과 얘기를 나누려고 홀로 병원에 간다. 나는 그녀가 폭풍 속을 헤쳐나가듯 몸을 약간 앞으로 숙이고서 거리 끝으로 사라지는 모습을 본다. 집에 돌아온 로네의 얼굴은 창백하다. 그녀는 침실로 가서 커다란 여행가방을 열고 자기가 사랑하는 모든 것을 채워넣는다. 블라우스, 책, 신발, 중간 크기의 타원형 거울, 세계 반대편으로 갈 때 함께 짊어지고 가려는 물건들. 거울 여러 개를 가지고 여행하는 사람은 로네뿐이다. 어쩌면 자기가 누군지 잊어버릴까봐 두려운지도 모른다. 그녀는 종종 움직이다 말고 멈춰 서서 창문에 비친 자기 모습을 한참이나 바라본다. 바깥의 밤은 어둡다. 그것도 거울 같다.

짐은 스토라 만스에서 나와 담뱃불을 붙인다. 성냥이 확 타오르고 그는 그걸 물웅덩이에 던진다. 며칠 동안 내린 비에 색이 바랜 듯 모든 게 죽음의 회색빛이다. 로네는 나무 밑에 앉아 기다린다. 짐은 그 옆 벤치에 앉는다. 나의 상상 속에서 그 장면은 이렇다.

"안녕, 로네. 여행을 떠난다고?"

"며칠 후에."

"어디로 갈 건데?"

"오데사*. 사건 현장에서 되도록 멀리 가고 싶어."

---

* 우크라이나 남서부 오데사주의 주도.

"좋아. 하나만. 야키가 이젠 여기 오지 않았으면 좋겠어."

"왜? 걔는 정말로 좋아하던데."

"하지만 걔한테 줄 게 없는걸. 당신을 볼 수 없다면, 그애도 보고 싶지 않아."

"당신은 날 볼 수 있어. 원할 때 언제든 캄마카르가탄에 오면 되니까."

"하지만 이제 사랑은 없잖아?"

로네는 잠시 조용하다가 핸드백 버클을 만지작거린다. 그러더니 고개를 들고 그와 시선을 맞춘다.

"내가 당신을 사랑한 것도 아주 오래전 일이야, 짐."

짐은 자리에 일어나 서 있다. 그는 나무 우듬지를 올려다본다.

"모든 게 끝났는데 왜 이렇게 아픈 거지?"

"나도 몰라."

"상황을 똑바로 봐, 로네. 전부거나 전무, 둘 중 하나야."

"그애가 당신 아이이기도 하다는 사실은 잊었어?"

"미안해, 로네. 당신 없이는 밤뿐이야."

250

영원의 관점에서
(비타)

그곳은 그가 어린 시절을 보낸 대양이다. 대서양. 그의 옆에 앉은 비타는 가느다란 황금실로 짠 부드러운 여름 스카프를 매고 있다.

"짐, 멀리까지 헤엄치지 마, 알겠지?"

신문이 모래 위에서 앞뒤로 날리는 동안 그녀는 담요 위에 엎드려 잠이 든다. 해변엔 사람이 없다. 짐은 다시 물가로 걸어내려가 모래성을 마저 쌓는다. 밀물이 들어오면 이 건축물을 좀더 멀리 옮겨야 한다. 시간이 흘러 대양의 시간이 된다. 이따금 그는 비타가 아직도 잠들어 있는지 확인하러 뛰어간다. 저 위에서 구름이 휙휙 지나간다. 전투기가 올랐다가 강하하며 석유와 재, 저멀리서 타는 불, 불붙은 숲의 냄새가 난다. 그가 다시 왔을 때 비타는 더이상 그 자리에 없다. 갑작스러운 개기일식, 검은 태양이 모래언덕 위에 걸린다.

짐은 비타에게 봄 외투를 입혀 안치해야 한다고 생각한다. 자개 단추가 달린 연청색 외투로 그녀가 떠나기 전, 침대에서 일어나 나올 수 있었던 어느 저녁에 입고 춤추었던 옷이다. 비타가 죽었을 때 그는 스톡홀름에 없었다. 스톡홀름으로 돌아와 여행가방을 들고 문 안에 들어서자 비타가 마지막까지 일했던 왕립도서관장에게서 전화가 온다.

"자살인 경우에는 통상적으로 직원들에게 해주는 방식으로 상조 준비를 하진 않지만, 유족이 식을 치르고 싶어하면 예외로 하겠습니다. 원하시나요?"

"봄 외투를 입혀 매장할 수 있습니까?"

"무슨 말인지 모르겠는데요."

"연청색 외투를 입혀서 매장할 수 있습니까?"

"내가 아는 한 유족이 원하는 건 뭐든 입혀서 매장할 수 있어요. 하지만 먼저, 비타가 매장될 수 있는지부터 알아봐야 할 겁니다."

"봄 외투를 입혀 안치할 겁니다." 짐은 뜨듯해진 전화기에 대고 속삭인다.

질병

사방팔방 짐이 어디 있는지 묻고 다녔지만 그를 본 사람은 아무도 없었다. 어쩌면 그는 병원을 떠났는지도 모른다. 에드바르드도 사라졌다. 사람들이 나를 나무 밑 벤치에 앉힌다. 이따금 지나가던 잉에르 보겔이 이제는 라임나무 아래를 여러 번 급하게 뛰어다닌다. 나는 잉에르 보겔에게 얘기를 할 수 있는지, 나한테 멘톨 담배를 좀 줄 수 있는지 묻지만 대개 그녀는 시간이 없다.

　"짐 봤어요?"

　"자기 병실에 있겠지."

　"아니, 없어요."

　"다음에 오면 만날 수 있을 거야."

벤치에 누워 나뭇잎 사이로 언뜻 보이는 하늘을 바라본다. 비현실적으로 푸른 하늘은 말이 없다. 바람이 나무에 달린 작은 분홍꽃들을 잡아당긴다. 날이 따뜻해서 열에 달뜬 듯 졸리다.

어느 날, 한 남자가 다가온다. 내 앞에 우뚝 선 그는 거인 같다. 북극의 푸른 눈, 흐릿하게 팔에 남은 문신. 그는 내게 누군가를 기다리는지, 함께 기다려도 되는지 묻더니 내가 대답하기도 전에 옆에 앉는다.

"남자친구 기다리니?"

"난 남자들 싫어해요." 나는 그대로 누워 눈을 가늘게 뜨고 태양을 본다.

그는 웃으며 벤치에 놓인 내 모피코트를 만진다.

"그럼 뭘 좋아하지?"

"이렇게 누워 있는 거, 햇빛에서 잠드는 거요."

"그거 좋지. 나도 그래."

나는 일어나 앉으며 그를 쳐다본다. 환한 햇빛 속이라 얼굴이 제대로 보이지 않지만 그의 형체, 잔디 위에 드리운 거대한 그림자가 마음에 든다.

"여기 왜 들어왔어요?"

"알고 싶지 않을걸."

한참 후면 알게 되겠지만 그때는 너무 늦은 일이 될 것이다. 아니, 그때가 되면 중요하지 않을 것이다. 그는 이미 나의 일부가 되었을 테니까.

"혹시 알고 싶어?"

"모르겠네요. 내가 알고 싶은가?"

"기다리는 사람이 너희 아빠니?"

"네."

"안 오는 거야?"

"안 올 것 같네요. 나를 보고 싶어하지 않는 것 같아요."

"왜?"

"우리 엄마랑 관련이 있겠죠. 이 정도 기다렸으면 아빠가 나올 때도 된 것 같은데 오지 않네요."

"아빠 이름이 뭐지?"

"짐."

그는 휘파람을 분다.

"지미 달링. 병원에서 그 사람을 옮겼어."

"그래요?"

"그래. 이젠 여기 없어. 나도 그 사람이 어디 있는지 모르고."

그는 지갑에서 사진을 꺼내 자신과 푸른 눈의 어린 소년 사진을 보여준다. 사진은 손때가 묻고 빛바랬으며 색이 흐려졌다. 그가 사진을 너무 많이 들여다봐서 그 눈빛에 녹아버린 것만 같다.

"베니는 나를 전혀 보고 싶어하지 않아."

그들은 모두 자기 아이의 사진을 보여준다. 누구든 이 분 이상 대화하면 아이 사진을 꺼낸다. 모두 지갑에 얼룩진 사진을 갖고 있다. 그 누구도 새 사진이 없다. 아이들도 전부 똑같이 보여서, 가끔은 같은 아이들이 아닐까 싶다. 희망에 차서 카메라를 응시하는 똑같은 눈. 어떤 사진들은 오래되어 가장자리가 너덜너덜해진 흑백사진이다. 마치 이 사진들이 무엇의 증거물이라도 되는 듯싶다. 달리 할일이 없다고 그는 말한다.

"아이가 있으면 의심을 받지 않지. 아이가 있으면 다른 사람들과 같아. 아무리 낡은 옛날 사진이라도."

"어째서 베니가 보고 싶어하지 않는 건데요?"

"내가 자기 엄마에게 별로 잘하지 못했다고 생각하나봐."

"그랬어요?"

그는 웃더니 가끔은 잘했다며, 나를 다시 만나고 싶다고 말한다. 그의 벌어진 셔츠 사이로 나이든 여자의 형체, 심장 바로 옆에 거의 그림자처럼 남은 희미한 문신이 보인다. 그가 떠나자 나는 다시 벤치에 누워 잠이 든다.

짐의 방 창문이 바람에 쿵쿵 부딪히고, 마치 모래 위에 누웠던 것처럼 시트 위에는 몸의 흔적이 남아 있지만 방에는 아무도 없다. 나는 열린 창문 옆에 서서 한 남자가 한 여자를 잔디 위로 쫓아가는 광경을 바라본다. 이 건물에는 무언가 있다. 모든 시선이 그곳에 떨어진다. 처음에는 그들이 에드바르드와 그녀라는 것을 알지 못한다. 단지 모르는 여자가 레인코트를 풀어헤치고 나무 사이를 팔짝팔짝 뛰어다니고, 한 남자가 그 뒤를 쫓아가는 걸로만 보인다. 잠시 후에야 그 커다란 장화를 알아본다. 사비나 말고는 그 누구도 속옷만 입고 바깥을 뛰어다닐 리 없다. 에드바르드가 그녀를 따라잡아 목걸이를 낚아채 뜯어낸다. 순간 그녀는 푸른 빗속에 서 있는 듯 보인다.

다음번 우리가 서로를 발견했을 때는 거의 어둑어둑해진 해질 녘으로, 가느다란 달이 하늘에 낮게 걸려 있다. 그가 그렇게 늦은 시간에 밖에서 무엇을 하는지 모르겠다. 주위는 황량하고, 그가 나를 향해 걸어온다. 그가 얼마나 큰지 잊고 있었다. 초인 수준인 그는 누군가를 쉽게 해칠 수도, 대화를 나누다 지치면 나를 들어 멀리 데려가버릴 수도 있다. 곧 해가 질 것이다.

　"혼자 살아?"

　"물론 아니죠."

　"그럼 너희 엄마는 어디 있어?"

　"흑해에요."

　"좀 이상하지 않아?"

"뭐가요?"

"여기 혼자 왔다는 거."

"모르겠어요. 난 가고 싶지 않았어요."

"그럼 지금은 누가 널 돌봐주지?"

"스스로 돌봐요."

로네는 항상 비행을 하면 나이들지 않을 거라고 생각한다. 시간이 허공에 떠 있는 그녀를 따라잡지 못할 거라고. 로네는 아무 것도 모른다. 사실 사람들은 허공에서 더 빨리 나이를 먹는다. 거대한 기압이 쇠락을 부추기고, 시간은 우주에서 더 빨라진다. 천사들도 마찬가지다. 그들은 전속력으로 살고 빛에 타버린다. 보스토크6호를 타고 돌아온 발렌티나 테레시코바*는 스무 살은 더 나이들어 보였다. 마치 수십 년을 앞서 살다가 온 사람 같았다. 나는 그에게 그 이야기를 해준다.

"나는 어디도 비행기를 타고 가본 적이 없어." 그는 말한다. 그 순간 저 위의 천국을 찢고 날아가는 비행기 소리가 들린다. 여기는 비행기가 늘 지나다닌다. 가끔은 너무 낮게 날아서 지붕 꼭대기에 닿을 것만 같다. 그렇게 낮게 날 때면 병원 건물에 맞

---

* 소련의 우주 비행사로, 1963년 보스토크6호를 타고 약 사흘간 지구 주위를 돌았다. 세계 최초의 여성 우주인으로 알려져 있다.

닿아 있던 구름이 흩어져 떠돌다가 망가지고 일그러진다. 여기
는 구름과 가족, 모두가 찢어지는 곳이다. 머리 위 묵직한 하늘
에서 구름들은 만나고 모이고 부딪힌 뒤 갈라져 반토막짜리 구
름으로 계속 살아간다. 고아 구름으로, 버려진 아이 구름으로.

오늘 저녁 구름의 아랫배는 황금빛으로 빛나고, 그는 이제 막
와놓고 가야 한다고 한다. 나의 간청은 어디에서 나오는지 모르
겠다. 어쩌면 모든 말들이 탄원인지도 모른다. 애원과 진주. 사
비나의 진주가 내 주머니 속에 들어 있다. 이제 그의 이름이 파
울이라는 것을 안다. 여기 벌써 몇 년간 있었다는 것도.
 "파울은 내 친구지?" 나는 끊어진 목걸이를 만지작거리며 묻
는다.
 "네 친구가 되길 바란다면 그렇게 할게."
 "짐한테 내려와서 나를 만나달라고 말해줄 수 있어?"
 그는 두 손으로 내 얼굴을 감싼다. 그의 입에서는 흙과 썩은
이의 칙칙한 냄새가 풍긴다.
 "난 지금 가야 해."
 "잠깐만 나랑 있어."
 "너도 여기 어떤지 알잖아. 돌아가봐야 해."
 "그다음엔?"

"난 너희 아빠랑 달라. 내가 더 아파."

"그럼 짐은 어떤데?"

"짐은 직업이 있는 정상적인 남자야. 이건 그저 한시적일 뿐이지. 나는 밖에 남은 게 없어. 다시 밖으로 나가지 못할 거야."

내가 바라보자 그가 고개를 옆으로 돌리는 바람에 얼굴 대신 맨가슴에 있는 여자가 보인다. 여자는 거기 자신의 그림자 안에 갇혀서 그의 심장박동 소리를 듣는다. 파울은 나를 밀어내더니 조심히 벤치에 앉힌다.

"잘못이라는 건 너도 알겠지. 내가 여기 너랑 같이 있는 거 말이야. 이렇게."

"파울이 돌아왔으면 좋겠어." 나는 말한다.

"너는 어린애야. 네가 뭘 원하는지 몰라."

"곧 열네 살이 돼. 마흔네 살이 되면 뭘 원하는지 알게 될까?"

그가 웃음을 터뜨리고 나는 그의 눈동자를 본다. 두 눈동자의 크기가 다르다. 이전에는 알아차리지 못했다. 하나는 거대하고 다른 하나는 핀의 머리처럼 작다. 커다란 눈동자에서 어둠이 쏟아져나오고, 더 작은 쪽은 모든 빛을 삼키고 끌어당겨 포착하는 것만 같다. 빛 없이 살 수 있는 사람은 없고, 그것이 내가 그와 함께 있는 이유일지도 모른다. 그의 어둠 옆에 있으면서 내가 빛 속에 있다는 걸 느끼려고. 측정할 수 없는 것이다. 그의 어둠은. 처음 그에게 손을 대자, 손가락으로 그의 머리카락을 만지자 마치 밤을 만지는 기분이 든다. 손 아래서 차갑고 깨끗하게 별빛으로 빛난다.

"아니, 그때가 되면 더 알 수 없어질 거야. 아무것도 모르게 될 거야."

매일 나는 예배당 바깥 잔디밭에서 진주를 찾는다. 시간이 지날수록 진주알이 늘어나기라도 하는 것처럼. 원래는 돌려줄 작정이었지만, 결국엔 그냥 내가 갖는다. 담청색 진주 열두 알. 남색, 감색, 연청색, 진청색.

에드바르드는 짐과 다른 이들을 데리고 유다른호수로 간다. 버스로 농지와 자작나무숲을 지나 에케뢰까지 간다. 사비나는 에드바르드와 함께 차를 타고 짐은 다른 사람들과 버스를 타고 간다. 그들은 검은 호숫가에 담요를 깔고 앉거나 방파제 위에 쭉 뻗어 누워 반나절을 존다. 늙어가는 나무들 뒤로 태양이 천천히 넘어간다. 거대한 하얀 실뭉치를 들고 호숫가에서 멀찍이 떨어진 위쪽에 자리잡은 잉에르 보겔은 필요하면 안쪽으로 옮길 대비를 갖춘 채 모기와 커다란 파리를 탁탁 잡는다. 물에서는 죽음과 납의 냄새가 난다. 노란 씨앗들이 유리처럼 매끈한, 거울 같은 수면 위에 나른하게 떠돌고 단단하게 일어난 거품이 호수 가장자리에서 떨린다. 거친 모래 위로 부서진 나뭇잎 조각들이 흩어진 기다란 땅덩이가 진창 위에 검버섯처럼 뻗어 있다. 노란 비키니를 입은 사비나가 기름 낀 고인 물에 비친다. 번들거리는 에드바르드가 그녀 가까이 있다.

"병원에서 그리운 게 하나 있다면 천국이지." 사비나가 에드바르드에게 말한다.

"거기선 천국을 볼 수 없나?"

"거기선 나 자신만 볼 수 있어."

"하지만 당신 안에 벌써 들어 있을지도?"

"천국이?"

사비나가 거슬리는 소리로 웃는다.

"내 안에 뭐가 있는지 안다면 말이지, 친애하는 에드바르드, 당신은 여기 앉아 있을 수 없을걸."

사비나는 호수 한가운데로 헤엄쳐가고 짐은 진흙투성이인 숲속 호숫가를 걷는다. 그는 물 위에 떠도는 사람들의 웃음소리를 듣는다. 작게 무리 지어 멱을 감는 환자들은 쉽게 즐거워하고 쉽게 감사하며 신호에 맞춰 전나무 사이의 검은 웅덩이에 몸을 던진다. 짐은 땅에 누워 눈을 감는다. 외로운 상여 한 대가 햇빛 속에 떠다니고 수의를 입은 비타가 누워 있다. 언젠가 그 상여 옆에 서서 작별인사를 했고, 그때 비타는 사람이라기보다 사진처럼 보였다. 몸을 숙여 입을 맞추려다 갑작스레 두려워져서 멈췄다. 가까이 가자 누군가 그녀의 가슴에 놓아둔 장미에서 부패한 냄새, 산패한 장미 기름과 날것 그 자체의 냄새가 풍겼고, 그 냄새가 마치 그를 향해 손을 뻗는 듯했다. 마치 살아 있는 무언가가 비타의 죽은 몸 위를 기어다니는 것처럼. 장미 속의 박테리아와 잎 가장자리를 먹어들어가는 죽음의 갈색 물체가 곧 그녀도 파괴해버릴 것 같았다. 어째서 죽은 어머니가 여기 떠다니는 걸까? 그가 어떻게 겼는지도 알지 못하는 빚, 더는 여기에 없지만 앞으로도 그를 놓아주지 않을 여자. 그는 자신이 비타를 평화롭게 내버려두듯 비타 역시 그러기를 바란다. 고속도로에서의 밤, 공항으로 가던 길에 그는 비타를 파괴해버리기로 결심했었다. 그는 수면제 이백 알을 삼키지만, 자기 자신도 그녀도 제거하지 못한다. 비타는 여전히 그의 안에 있다. 대리석처럼 창백하고 윤곽이 흐릿한, 수면 아래의 얼굴처럼. 호수 표면에 어린 자신의 모습을 보자, 그의 얼굴은 비타의 얼굴로 대치된다. 떨리는 손으로 되는 대로 그린 수채화. 평소 그는 죽은 여자들의 모습을 주변 어디에서든 본다. 나무 아래 길게 뻗어 누워 있는 여자들을, 벌거벗거나 바지가 흘러내린 모습을, 찢어진 옷가지가 팔을 비틀어 기괴한 형태로 고정한 모습을, 들판이나 해변에서, 호밀색이나 검정색 머리카락을. 그들은 보이지 않는 사냥꾼에게서 탈

출하려는 것만 같다. 다리와 팔은 부자연스러운 각도로 비틀려 생닭을 연상시킨다. 행위의, 죄를 범한 사랑의 그림자, 붉은 사슴과 노루의 흔적이 그들의 몸을 덮는다.

무리로 다시 돌아오는 길에 커다란 나뭇잎이 그의 얼굴을 친다. 물에 젖어 얼어붙은 사비나는 둑에 앉아 있다. 손가락에는 담배 한 개비가 걸려 있고, 몸은 추위와 피로로 회색이 되었다. 짐은 그녀 옆에 앉아 담배를 건네받고 불을 붙인다. 에드바르드는 저멀리 호숫가 위쪽에 앉아 그들을 바라본다. 그는 언제나 그런다. 맹금처럼 그들 위를 소리 없이 맴돈다. 밤에는 다인실에서, 또 샤워실에서, 운동장에서, 울타리 건너편 잡목림 속 자작나무 둥치 사이에서.

마지막 환자
(여전히 빛을 받으며)

"올로프 팔메가 죽었다는 거 압니까?"

올로프는 누가 자길 치기라도 한 듯 움찔한다. 그러고는 두 손으로 머리를 감싸고 속삭인다.

"올로프 팔메가 죽었다니. 왜 그런 말을 합니까?"

"아무도 말해주지 않았나요?"

그는 고개를 젓는다.

"아뇨……"

"올로프 팔메는 십 년 전에 암살되었어요."

"아니야. 아냐. 아니라고."

"미안합니다만, 사실입니다. 올로프 팔메는 세상을 떠났어요. 오래전에."

올로프는 두 손으로 양볼을 누르며 고개를 든다.

"알겠습니다. 그저 내가 따라가지 못했던 거네요. 올로프 팔메가 죽었다면, 나 같은 유의 인간들에겐 희망이 없네요."

"그 사람 어머니가 여기 입원했을 때, 그가 면회 오곤 했다는 걸 압니까?"

"그랬나요?"

올로프는 두 손을 내리고 눈물이 고인 커다란 눈으로 야노브시 박사를 본다.

"그랬어요. 팔메는 매일 아침 로센바드의 정부 청사로 가는 길에 여길 들렀죠."

올로프는 의자에서 일어나 떨리는 손가락으로 창밖을 가리킨다.

"그 사람을 여기 행사에서 몇 번 본 것 같다고 생각했어요. 오래전에요. 하지만 항상 내 상상일 거라고 생각했어요. 망상이라고 생각했죠. 그가 스토라 크빈스 앞, 차에서 내리는 걸 몇 번 보았어요. 내 방 창문에서요. 꿈 같았죠. 저 사람이 여기 오다니. 그 사람이 우리를 데리러 왔다고 생각했어요. 한번은 여기 바깥에서 분홍색 외투를 입은 넬리 작스*를 보기도 했어요. 인형처럼 자

---

* 스웨덴으로 망명한 독일 태생 유대계 시인이자 극작가. 1966년 노벨문학상을 수상했다.

그마했죠…… 그 사람 어머니가 아팠나요?"

"팔메의 어머니요? 네, 상태가 위중했죠. 아들도 알아보지 못했지만, 만나면 늘 행복해했어요."

올로프는 안에서부터 우러나는 미소를 지으며 의자에 철썩 주저앉았다.

"그건 이해가 되네요. 면회객이 오면 항상 기분이 좋지요. 처음에는 어머니가 왔어요. 그러다 어느 날부터는 발길이 뜸었죠. 그후에는 어떤 천사가 면회 오곤 했어요. 이 천사는 심지어……"

"네?"

"그거 알아요? 한번은 나한테 그걸 해줬어요."

야노브시 박사는 부드럽게 웃는다.

"그거 대단한데요."

"그렇게 생각해요? 나는 어쩌면 그게…… 부적절할지도 모른다고 생각했어요. 천사와 그런다는 게."

"제가 듣기엔 대단한 일 같은데요."

"아무한테도 말한 적이 없지만, 실제로 일어난 일이에요. 그게 처음이었는데, 천사가 온 것도 참 오래전이네요. 정말 환상적이었어요. 그 천사가 없었다면 난 결코 살아남지 못했을 거예요. 그 천사가 다른 사람은 면회하지 않기를 늘 바랐지만, 내가 묶어놓을 수 있는 존재가 아니었어요."

잉에르 보겔

처음에는 그 여자를, 어쩌면 그 목소리를 알아채지 못했지만, 그녀는 내 이름을 부르고 또 불렀다. 이전처럼 조용하게, 머뭇거리듯이. 하지만 이제 그 목소리는 더 쉬었고 갈라졌다.

"야키…… 야키…… 야키……"

마리온과 바사공원을 걷는데 그녀가 오덴플란광장의 햇빛 속에서 와인 한 잔을 앞에 두고 무릎 위에는 검은 강아지를 올려놓은 채 앉아 있었다. 그녀의 얼굴은 이제 더 넓적해지고 다소 굳어서 달라 보였지만, 조금 지나자 낯선 새로운 특성에서 본래 모습이 서서히 새어나오는 것 같았다. 눈은 여전히 녹색이었으나 바닷물처럼 더 밝았다. 한쪽 눈은 좁고 가늘게 찌푸렸지만 다른 눈은 활짝 뜨고 있었다. 나는 활짝 뜬 눈에 집중했다. 그 눈이 지금의 단조로운 목소리와 얼굴에 더 잘 어울리는 듯했다. 다른 눈은 다른 시절, 다른 여자의 것이었다. 한때 손은 레이스처럼 부드럽고 허리춤에 열쇠꾸러미를 쩔렁이고 다니던 여자.

그녀는 베콤베리아가 문을 닫기 며칠 전에 그곳을 떠났다고 말했다. 건물에 마지막까지 남았던 사람들 중 한 명이었다. 이제는 상크트괴란병원에서 야간근무를 하며, 더는 살고 싶어하지 않는 환자들을 감시한다고 했다. 십오 분마다 들어가서 그들이 신발끈으로 목을 매지 않았나 확인해야 했다. 거기서는 그녀를 그다지 필요해하지 않기에 점점 더 근무시간을 줄인다고 했다.

"그래봤자 마찬가지일지도 몰라. 어쨌든 그 사람들은 더이상 살고 싶어하지 않으니까." 그녀는 알코올과 과한 햇빛에 힘이 풀린 피곤한 눈으로 나를 보며 말했다.

"이따금 그 사람들이 스스로 떠날 수 있도록 해줘야 한다는 생각을 해. 잠깐 한눈을 팔아서 그들이 날아갈 수 있게 해줘야 하는 게 아닌가. 밤새 앉아서 그들을 감시하지만, 그들은 살아야 할 이유가 더이상 없어."

그녀는 짐에 대해서 묻지 않았다. 그가 죽었다고 생각할지도 몰랐다.

"넌 여전히 벌꿀처럼 달콤하구나." 그녀가 한 말은 그것뿐이었다. 그런 후에는 블렌드 화이트 담배에 불을 붙여서 훅 빨아들

였는데, 마치 그녀의 안에서 무언가 바지직 소리를 내는 것만 같았다.

"괜찮으면 밤에 상크트괴란에 한번 들러." 그녀는 말을 이었다. "나는 보통 32호실에서 뜨개질을 하고 있어. 거긴 별로 일이 없지."

몇 시간 후에 다시 지나갈 때도 그녀는 여전히 카페 바깥에 앉아 있었다. 이제는 나이 지긋한 여자들 무리와 함께였다. 그녀는 나를 보지 못한 것 같았다. 여전히 무릎에는 검은 강아지를 올려놓은 채였다. 내가 돌아보았을 때 그녀는 그 작은 동물에 연신 입을 맞추고 있었다.

이번 겨울에 꾼 또다른 꿈에서 로네가 나를 부른다. 그녀는 병원 정원의 나무 아래에서 갈 길 잃은 얼굴로 핸드백을 작은 개처럼 품안에 안고 있다.

"갑자기 네가 걱정됐어. 야키."

"그랬어요?"

"그래."

"그러지 마세요. 마리온과 나는 괜찮아요. 알잖아요?"

그녀는 적황색 건물 전면을 올려다본다. 겨울새 몇 마리가 천천히 시계탑 주위를 맴돈다.

"마침내 병원을 헐고 집을 짓는가보네." 그녀의 목소리에 빛한줄기가 어린다.

"그래요. 그래도 모든 걸 가만히 놔두었으면 좋겠어요."

"하지만 이렇게 오래된 정신병원을 그대로 놔두는 건 끔찍하지 않겠니? 사람들이 어째서 그런 짓을 하겠어?"

"몰라요. 어쩌면 이 건물 자체가 슬픔의, 짐의, 모든 이의 체현이기 때문일 수도 있고요. 일종의 인정인 거죠. 짐은 언젠가 여기 오는 건 집에 오는 거나 마찬가지라는 말을 한 적이 있어요."

"정말로 그런 말을 했어?"

새들은 이제 사라졌다. 주위에 완전한 적막이 흐른다.

"네. 이곳은 모든 사람이 오기를 꿈꾸는 곳이라고 했어요."

그녀는 몸을 돌려 나를 본다. 그녀의 눈에 어린 강렬한 빛에
나는 뒷걸음질칠 뻔한다. 저멀리서 비행기가 공항에서 이륙하는
소리가 들리고 누군가 태양 위로 담요를 던진 듯 어둠이 순식간
에 우리 주위로 떨어진다.

　　"그럼 병원에 있던 그 남자는?

　　"그 사람이 뭐요?"

　　"늘 그 사람에 대해 묻고 싶지 않았어."

　　"뭘 알고 싶은데요?"

　　"어떻게 된 건지, 무슨 일이 일어났는지."

　　"정말로 알고 싶어요?"

　　"응, 그런 것 같아."

로네는 다시 시선을 돌린다. 그녀의 눈이 갑자기 흐려진다.

"그 사람이 너를 아프게 했니?"

"아니, 그렇지 않았어요. 파울은 나를 도와줬어요. 내가 불길을 뚫고 걸어나갈 수 있게 해줬어요."

중력,
그 유혹자여

며칠이 지난다. 우리는 나무 아래의 깜빡거리는 그림자 안에서 만난다. 그 누구도 이젠 내게 무엇을 하느냐고, 누구를 면회하러 왔느냐고 묻지 않는다. 파울은 셔츠도 입지 않고 돌아다니며 나무를 보살핀다. 그처럼 침착하고 솔직하며 존재감이 있는 사람은 만난 적이 없다. 그의 혈관에는 차가운 정수가 잔잔히 흐른다. 그는 여기 영원히 머물 거라고 말한다. 어쩌면 그럴지 모른다. 그는 다른 데 가고 싶은 마음이 없다. 우리 사이에 대화는 많지 않다. 우리는 체스를 두며 기다린다.

"클레로덴드럼* 줄기 본 적 있어?" 내가 묻는다.

---

* 덩굴성 관목의 일종. 이름은 '운명의 나무'라는 뜻으로, 하얀 꽃받침 위로 심장

"아니."

"나도. 우리가 여기 말고 다른 데서 만난다면 함께 찾아볼 수 있을 텐데."

그는 썩은 이를 드러내며 특유의 방식으로 껄껄 웃는다.

"그럴 거라고 생각해, 야키?"

"그럼."

갈색빛을 띤 무언가가 그의 치아에 침투했고 그의 타액에서는 쇠맛과 뭔가 다른 강한 맛, 부패, 죽음, 폐기물의 맛이 난다.

"매번 이게 너를 보는 마지막이길 바라."

"어째서 그런 말을 해?" 나는 묻는다.

"이러다 내가 발작이라도 일으킬 것 같으니까."

"이러다라니, 나랑 만나는 거? 정말로?"

"내 안의 모든 것에서 피가 나는 느낌이 들어."

땅을 뚫고 나온 나무뿌리는 잔디밭에 놓인 거대한 손가락처럼 누워 있다. 파울의 숨결은 나비처럼 가볍고 소녀처럼 조심스럽다. 그는 누구에게도 해를 입힐 능력이 없어 보이고, 무엇을 하든 내게는 무해해 보인다. 그는 악한이 아니다. 그러기에는 너

모양의 붉은 꽃이 펴서 '피 흘리는 심장 덩굴'이라고도 불린다.

무 상냥하다. 그는 햇빛에 눈을 감고, 다시 떴을 땐 내가 가고 없기를 바라는 것 같다. 하지만 나는 떠나지 않는다. 매번 나를 떠나는 사람은 그다. 몇 분 후면 그는 다시 스토라 만스 안에 갇힐 것이다. 잠시 뒤 그가 일어서서 조심스럽게 내 어깨를 흔들어 깨운다.

"싫어. 깨우지 마." 나는 말한다.

"여기서 날아다니면 안 돼. 꼬마 호박벌. 이러다간 끝이 좋지 않을 거야. 이 모든 게."

"끝이 있어야 해?"

"난 너 때문에 결국 감옥에 갇히게 될걸."

나는 웃는다.

"난 당신이 벌써 감옥에 있는 줄 알았는데."

자연사박물관 큐레이터가 다시 찾아온다. 그는 사각 안뜰을 씩씩하게 건너간다. 옆구리에는 얄팍한 서류가방을 끼고 있는데, 병동에 들어가서도 절대 내려놓지 않는다. 아마도 누가 그걸 훔쳐갈지 모른다고 생각하는 듯하다. 그가 허둥지둥 복도를 걸어가면 거기 있는 모두가 걱정하며 병실로 물러간다. 사비나조차 그가 근처에 있을 때는 다른 사람이 된다. 마치 누군가 갑자기 볼륨을 줄여놓은 듯 천천히, 조용히 움직인다. 몇 시간 후 그는 다시 맹렬하게 공원을 가로지른다.

　가까이 가서 보니 그녀는 울고 있다. 그녀가 한참 뜨개질해서 완성한 하얀 목도리는 땅에 끌리는 바람에 술에 진흙이 묻어 색이 변했다. 그녀는 몸을 돌려 눈물을 훔치지만 얼굴에 길게 마스카라 자국이 남는다. 양쪽 눈 아래 생긴 어두운 달들. 그녀의 뒤로는 창백한 태양이 나무 우듬지 사이에 보이고, 저멀리에서 새들이 노래한다. 이제는 몇 마리 남지 않아 소리가 너무 희미하지만 그래도 나무 사이로 새들의 노래가 흐른다. 다른 새들은 어디 갔을까? 보통 새들은 병원과 바깥의 숲, 병원과 다른 세계를 가르는 울타리 위를 이리저리 날아다닌다.

"짐 봤어요?" 내가 묻는다.

"아니, 그 사람은 나한테도 돌아오지 않을 거야."

그녀의 창백한 손을 본다. 피부가 너무 얇아서 혈관이 그림자처럼, 피부 아래 비치는 내장처럼 보인다. 목에는 새 장신구를, 참 장식이 달린 목걸이를 걸고 있다. 그녀에게서 희미하게 에테르 냄새가 난다. 처음 보는 남자가 그녀와 함께 있다. 그는 햇빛을 받으며 깊이 잠들어 있는 듯하다. 그녀는 정강이와 목에 붉은 자국이 있고 누군가 그녀 안의 시계태엽을 감은 듯 기계적으로 움직인다. 동작은 나무처럼 뻣뻣하고 덜커덕거린다. 아마도 약이나 최근의 고독 때문일 것이다. 그녀는 몇 주 동안 격리되어 있었고, 이번이 백지장처럼 하얀 얼굴로 여기 잔디밭에 앉아 있었을 때 이후로 처음 보는 것이다.

"대천사와 대결하는 것 같았어." 그녀는 말한다. "승산이 없었어."

"이제 외출해도 돼요?"

"가끔은. 내가 다시 망쳐버릴 때까지는."

"내 잘못이었나요?"

"어떻게 네 잘못일 수가 있어?"

"모르겠어요. 그냥 그럴지도 모른다고 생각했어요. 내가 배달해준 그 모든 꾸러미 때문에."

"말도 안 되는 소리야. 그 은색 꾸러미들이 내 삶을 구해줬단다."

그녀가 일어선다. 몸이 얼어붙은 사람 같다. 나는 모피코트를 벗어 조심스레 그녀의 어깨에 걸쳐준다. 그녀가 코트로 몸을 감싸며 나를 바라본다.

"이제 뭘 할 거니, 야키?"

"모르겠어요." 나는 말한다. "나도 모르는 일이에요."

"의심이 들 땐 용감한 일을 하도록 해."

앞에 파울의 눈이 보인다. 이제 그는 시선을 피하지 않고 나를 본다. 내가 마치 선택된 사람이라는 양, 나를 위해서, 나를 보호하기 위해서 무엇이라도 하겠다는 양.

"좋아요. 하지만 용감한 일이 뭔지 어떻게 알죠?"

그녀가 한 손을 내 갈빗대에 갖다댄다. 내 심장이 그녀의 손바닥에 맞닿아 쿵쿵 뛴다.

"그냥 알 거야. 넌 이걸 가졌잖아."

저녁에는 대개 집에 나 혼자 있었다. 로네의 침실에서 내 몸을 거울에 비춰 보았다. 꾀죄죄한 러닝셔츠와 늘어난 팬티. 너무 말라서 옷핀으로 팬티를 고정해야 했다. 아직 브래지어는 하지 않았다. 뼈가 뾰족하게 솟은 엉덩이와 얼굴을 뒤덮은 머리카락. 거울 반대편에서 세상이 시작되고 있었다.

파울은 안절부절못한다. 미안하다고 하면서도 커다랗게 붉은 자국이 생길 때까지 팔을 긁고 가끔은 온몸이 걷잡을 수 없이 경련을 일으킨다. 그는 거대한 손으로 얼굴을 감싸고 운다. 우리는 병원 부지의 가장자리, 나무 그늘 아래에 담요를 깔고 팔다리를 쫙 벌린 채 누워 있다. 나는 그가 일어서는 모습을 본다. 그의 얼굴에 스쳐가는 그림자를 본다. 그가 거대한 몸을 펴자 꼭 다른 인종처럼, 거인족 사람처럼 보인다. 하지만 그의 눈에는 사랑과 빛이 넘실거린다.

"짐하고 말해봤어?" 나는 묻는다.

"아직."

"말해봐야지. 곧. 오늘."

"해보긴 할 건데. 그 사람 못 본 지가 한참인걸."

"병원에서 어디로 옮겼대?"

"전혀 몰라."

금색 글자로 새긴 현판 아래에서 그는 베니가 태어났을 때 여자친구가 병에 걸렸다는 이야기를 한다. 그래서 정신병원에 갔고 거기서 몇 달 머물렀다고 한다.

"그 사람은 아이를 반가워하지 않았어?"

"반가워했지. 하지만 마침내 나랑 있는 게 안전하다고 느꼈기 때문에 무너져버렸대."

"당신이랑?"

"응, 그랬던 것 같아."

이내 그는 생각을 바꾼 듯하다.

"어쩌면 그 여자가 아픈 게 나 때문이라서 그저 술을 마시고 자고 싶었던 건지도 몰라."

"그럼 베니는?"

"그 여자는 베니를 미친듯이 사랑했어. 자기 의지로는 절대로 아이를 떠나지 않았을 거야. 베니와 함께한 마지막 밤, 나는 날이 밝을 때까지 그애를 안고 있었어. 아이를 깨우지 않으려고 꼼짝도 하지 않고 앉아 있었지."

"그다음에는?"

"그다음에는 사람들이 그애를 데려가버렸어."

우리는 로네의 침대에 누워서 이야기를 나누고, 담배를 피우고, 연기가 머리 위로 올라가는 것을 본다. 천장 바로 아래 걸린 선풍기의 부드러운 움직임으로 연기가 흩어진다. 열린 창문으로 햇볕이 흘러들어와 따뜻하고, 내가 그의 벗은 배 위에 다리를 올려놓고 침대에 가로누워 있는 동안 그는 내 발가락을 가지고 장난을 친다. 그는 외출 허가를 받으면 내게로 온다. 그는 일주일에 몇 시간밖에 자유시간이 없고, 오고가는 시간을 빼면 사십 분밖에 머무르지 못한다. 그는 늘 나를 생각한다고 말한다. 잠잘 때도 깨어 있을 때도. 나도 그를 생각한다는 말은 하지 않는다. 나는 사람들에게 무언가를 좋아한다고 말하지 않는다. 할말이 없기 때문이다. 잠시 후 그는 조심스레 내 옷을 벗긴다. 처음에는 원피스를, 그다음에는 팬티를. 침대 시트 위에 무릎을 꿇은 그는 망가지기 쉬운 작은 소포를 여는 듯하다. 그에게 가슴을 보여주고 싶지 않아서 러닝셔츠는 벗지 않았다. 그의 문신 옆 사탕 같은 젖꼭지는 연분홍색이고 희미한 주근깨로 덮여 있다. 그가 바지를 벗자, 성기가 곡선을 그리며 일어서 있다. 그는 내게 들어오면서 마치 내가 상처라도 입힌 것처럼 운다. 하지만 그는 슬퍼할 필요가 없다. 나는 고통을 맞을 준비가 되어 있다. 내 안에 번득이는 칼. 내 몸 위에 얹힌 그의 몸이 좋다. 그후에 나를 보는 그의 눈에 담긴 비현실적인 빛도.

"사랑이 광기라면, 우리는 그걸 격리시켜야 할 거야." 그는 말한다. "그 안에서 너만이 유일한 존재야, 야키."

사랑이 질병이라면 파울은 내가 아는 사람 중에 가장 아픈 사람이고, 나는 그가 치유될까 너무나 두렵다.

"겁내지 마, 자기." 그는 내 머리 위 두 손을 움켜쥐며 말한다. "이 병에서 나을 방법이란 없어."

천장 선풍기는 강풍으로 휙휙 돌아가고 침대 위에는 이제 그늘이 졌다. 우리는 잠이 들었다가 전화벨소리에 깨어난다. 어쩌면 흑해의 공중전화 부스 안, 검은 수화기에서 흘러나오는 먹먹한 신호음에 귀를 기울이는 로네일지도 모른다. 파울은 베개로 얼굴을 가린다. 병원으로 돌아가기 전 그는 내 안으로 한번 더 들어오고 이번에는 고통이 없다. 오로지 내 안에서 박동이 뛰고 또 뛰다 결국에는 모든 것이 갑자기 조여졌다 풀어진다. 곧 나는 강렬하고 확연한 빛으로 가득찬다. 나를 달래듯 햇볕에 달궈진 액체가 몸안으로 쏟아진다. 달콤하고 맹목적인 탄산액. 우리가 가장 밀접해진 순간, 그의 눈이 터지려는 순간, 그는 두 손으로 내 목을 잡고 가늠한다. 내 머리를 들어올리며 뼈와 근육에 가해지는 약간의 압력, 그리고 단순한 질문.

"야키?"

나는 대답하지 않는다. 할말이 없기 때문이다. 나는 그게 어떤 유의 질문인지 알지 못한다. 그저 내 척추뼈가 어둠 속에서 실처럼, 내 몸속 외로움과 터무니없는 희망을 엮은 묵주처럼, 빛과 일어날지도 모르는 불행의 끈처럼 흐른다는 걸 알 뿐이다. 사랑이야 말로 진정한 광기일 거라고 생각한다. 정열, 현기증, 히스테리일 거라고.

나는 나무 아래 앉아 기다린다. 옆에 선 잉에르 보겔의 그림자가 벤치 위에 부드럽게 떨어진다. 그녀는 아무 말 않고 멘톨 담배에 불을 붙인 후 작은 고리 모양 연기를 앞으로 내뿜는다. 연기는 차갑고 깨끗하며 평소보다 더 가늘다. 그녀는 머리 위로 작은 동그라미 연기가 떠다니는 동안 내 옆에 서서 시계탑공원 저편을 바라본다. 내게 가까이 있고 싶다는 듯이, 나를 무언가로부터 보호하고 싶다는 듯이. 하지만 그녀는 그게 무엇인지 알지 못한다.

영원의 관점에서
(비타)

그녀는 광택이 나는 하얀 수영복을 입고 그의 앞에 있다. 여전히 젖은 머리카락이 가슴 위에 코일처럼 말려 있다. 두 사람은 영국해협 해안에, 그의 유년 시절 속 눈이 멀 듯 새하얀 바다의 빛을 받으며 서 있다. 한때 그들이 여름을 보내던 곳이다. 짐은 자기만큼이나 커다란 갑오징어를 들고 있다. 두 팔로 끌어안고도 겨우 들고 있을 정도이다. 그의 가슴에 닿은 갑오징어의 죽은 몸은 차갑고 점액질로 끈적거리며, 그 눈은 움직임 없는 거대한 거울 같다.

"지미," 그녀가 그의 손을 잡고 말한다. "그냥 나랑 돌아갈 수 없겠니?"

"안 돼요, 어머니. 난 좀더 여기 머물러야 해요."

"하지만 여긴 아무것도 남아 있지 않잖니. 그리고 저기 물은 완전히 잔잔하잖아. 위험하지 않아."

선글라스를 낀 그녀가 그를 바라본다. 목소리는 언제나처럼 따뜻하고 부드럽게 어르는 것 같다. 녹색과 갈색 해초들이 수영복에 달라붙어 있다. 그의 손을 잡은 그녀의 손은 차갑고 창백하며 손목 피부 아래로 혈관이 번득인다. 그는 재빨리 손을 뺀다.

"나중에 갈게요. 곧."

천문대

골디락스 존이란 우주에서 생명체가 발생할 수 있는 지점을 가리키는
천문학 용어다. 어느 행성이 빛에 타버리거나 얼어붙지 않으려면
다른 별로부터 정확히 적정한 거리만큼 떨어져 있어야 한다.

"너는 언제나 나무를 좋아했지." 공원에서 로네가 저만치 떨어진 채 말한다. 지금은 늦겨울이고 시계탑공원의 나무들이 헐벗고 활기를 잃은 지 오래다. 다시는 잎을 맺지 못할 것만 같다. 어둠이 순식간에 내려앉는다. 이런 꿈들을 불러오기가 점점 더 힘들어진다.

"네, 그랬어요." 내가 말한다.

"왜?"

"나무가 빛과 물을 향해 손을 뻗는 방식 때문인지도 몰라요. 부드러운 몸통을 강 위로 숙이고 기도하는 것 같아서요."

"하지만 누가 나무를 위로할 수 있겠어?"

"봄이 할 수도 있겠죠. 첫 봄햇살이요. 어렸을 땐 나무들이 겨울에 죽은 척한다고 생각했어요."

로네는 아름답고 커다란 눈으로 나를 슬쩍 올려다본다.

"그건 짐과 같구나. 그 사람도 가라앉았다가 봄이 되면 다시 올라오곤 했으니까."

내가 대답하지 않자 그녀가 내게 손을 뻗고 나는 그 손을 잡는다. 무척이나 차갑고 시리며, 마리온의 손만큼이나 작다.

"슬프니, 야키?"

"아뇨, 이젠 아니에요."

"언제부터 그런 거야?"

"어쩌면 마리온이 왔을 때부터인지도 모르겠네요. 어쩌면 그 아이가 아들이라서."

로네의 눈이 활짝 커진다. 막 씻어낸 듯 완전히 맑고 순수한 눈이다.

"그 아이가 아들이라서?"

"네, 내가 아니니까요. 설명할 수는 없어요."

"그 무엇도 내게 설명할 필요 없어, 야키. 어쨌든 난 이해할 것 같으니까."

"그래요?"

"그래. 아니면 여기 있지 않겠지."

어렸을 때, 학교도 다니기 전이었던 어느 날 짐을 바라보다가 그가 우리 위로 흔들리는 연푸른 나무들을 보고 있지 않다는 걸 깨달았다. 나는 늘 나무의 거대한 우듬지와 뿌리를 사랑했다. 나무들이 인간을 위해 잎 사이로 들여보내는 섬세한 빛이 나를 위험으로부터 보호해준다고 믿었다.

나는 옆에 선 그의 손을 건드렸다.

"저 나무가 안 보여요, 짐?

"어떤 나무?"

"자작나무, 소나무. 잘은 모르겠지만, 저기 커다란 참나무."

하지만 그는 정말로 그 나무들을 보고 있지 않았다. 모든 게 그를 스쳐갔다. 그는 그곳에 서서 담배를 피우며 자신 안에 있는 비타의 목소리를 듣고 있었다. 나는 그 목소리를 절대 가라앉히지 못했을 것이다.

　그가 나무 그늘에서 잠자는 동안 나는 옵세르바토리에룬덴공원에서 놀곤 했다. 잔디 위에 태아처럼 몸을 동그랗게 말고 누운 그는 누가 쫓아오는 악몽을 꾸는 듯했다. 커다란 나무들이 잠든 그의 몸 위로 세상의 빛을 드리워 우리를 안전하게 지켜주었다. 가끔은 천문대에 가서 거대한 천체망원경으로 별을 보았다. 갑자기 온 하늘이 우리와 함께 그 방에 있는 듯, 우리가 지구를 뒤로하고 떠나온 듯했다. 창공에 푹 빠져서 우리가 누구인지는 중요하지 않았다. 로네가 다시 떠나버렸다는 사실도, 우리, 그와 내가 도시에 단둘이 있다는 사실도, 그가 스포츠가방 바닥에 작은 병을 넣고 다니며 늘 술을 마신다는 사실도. 대기는 희미하게 떠다니는 연약한 층들로 이루어진 것 같았고, 그 뒤에는 영원과 별들이 있었다. 그가 술에 취했던 건 그럴 필요가 있었기 때문일 것이다. 천문대에 서 있으면 마치 이 지구상에 살아 있는 사람은 우리 둘뿐인 듯했다. 그는 어느 날 내 별이 하늘에서 내게로 떨어질 것이고, 내가 바라던 것들을 얻을 거라 했다.
　"소원을 빌 땐 조심해. 모든 게 현실이 되니까."

내가 태어난 직후의 어느 밤, 짐과 로네는 옵세르바토리에룬 덴공원에 작은 나무를 심었다. 그 나무는 아기 나무라고 불렸고 그다음엔 소녀 나무가 되었다. 어린 시절 내 생일마다 우리는 거대한 참나무 사이의 이 작은 은색 버드나무 아래 앉아서 샌드위치와 케이크를 먹었다. 짐이 우리를 떠나자 더이상 함께 가는 일은 없었고, 나 혼자 갔다.

짐은 늘 여자친구나 잠깐 만나는 상대가 있었다. 난나, 요, 카트, 올리네. 관광지나 약물 이름처럼 들리는 이름들이었다. 저녁이면 그는 텡네르룬덴공원의 술집 불빛에 끌렸다. 로네와 나는 대개 단둘이 아파트에 있었다. 태양이 호를 그리며 하얀 침실을 지나 거실의 솜털 무늬가 들어간 벨벳 벽지를 넘어 작은 부엌까지 부드러운 주황빛으로 천천히 적셔갔다. 이따금 짐이 커다란 하얀 양가죽 외투를 입고 스위트와인과 선물을 들고 경쾌하게 뛰어들어오곤 했다. 로네가 좋아하는 치즈, 책장 옆면에 모조리 금을 입힌 백과사전, 사실 내가 갖고 놀기에는 너무 유아용인 장난감. 그런 후에는 며칠씩, 어떤 날에는 몇 주씩 다시 사라졌다. 그에게서 아무런 소식을 듣지 못한 로네는 여기저기 수소문하며 전화를 걸었고, 가끔 짐이 옷을 입고 우리와 집에 돌아갈 수 있을 때까지 낯선 집 현관 복도에서 함께 기다리기도 했다.

로네가 잔디밭에 담요를 깔자 우리는 생일 나무 아래서 나를 위해 건배한다. 나는 가을에 아홉 살, 열 살, 열한 살이 된다. 나무는 이제 완전히 자라서 다른 나무들 사이에 검고 나이든 손처럼 서 있다. 짐의 눈은 낮고 집어삼킬 듯한 빛으로 넘실거린다. 그의 안에는 그를 몹시 불안하게 하는 벼랑이 있다. 그래서 그는 정착하자마자 떠나고 싶어하고 거리를 질주하고 싶어한다. 하지만 로네는 조금만 더 가만히 누워서 햇빛을 쬐며 눈을 감아보라고 설득한다. 그의 심장 옆에 울리는 로네의 목소리, 높은 이마, 등뒤로 폭포수처럼 떨어지는 연붉은색 머리.

"조금만 더 같이 있어, 짐."

하지만 짐은 술을 점점 더 많이 마시고, 알코올때문에 이제 성격까지 바뀐다. 그의 혈관 속 피는 더 느릿느릿 흐르고 그에게는 빛이 없다. 그저 짜증과 무기력이 담긴 깜박거림과 피부 아래서 따끔거리는 과민함과 끊임없는 초조함뿐. 잠깐이라도 명석함이 번득이는 순간은 계속 희미해지다 점점 보기 힘들어진다. 이따금 그는 욕실 거울에서 언뜻 검은 태양을 보곤 한다.

에드바르드가 담배 한 갑을 탁자 위로 밀어 보낸다. 스웨터 소매에 손을 숨기고 앉은 짐은 고개를 젓는다. 순간 타오르는 성냥의 불꽃, 그후에 이어지는 연기의 차가운 냄새. 병원의 침침한 불빛과 낮게 윙윙대는 전자제품 소리가 그들을 감싼다.

"난 당신이 그 사람들과 같다고 생각하지 않아요. 짐."

"어떤 사람들요?"

"자살하는 사람들. 그리고 당신이 성공할 거라 생각하지도 않아요."

"그래요?"

"한 사람의 건강한 부분은 아픈 부분과 나란히 가죠. 분리가 불가능한 두 개의 샘, 혹은 핏줄이에요. 아프다는 건 책임을 진다는 의미도 될 수 있어요. 모든 걸 파괴할지도 모를 분노로부터 나의 최측근을 보호한다는 의미죠."

에드바르드는 입에서 연기를 길게 내뱉더니 말을 잇는다.

"당신이 어떤 원을 이루며 서 있다고 말한다면, 나는 원이라는 걸 믿지 않는다고 말할 겁니다."

"그러면 원은 어떻게 되죠?"

"아무것도 아니죠."

"아무것도요?"

"당신이 지금 자유롭지 않다면, 짐, 앞으로도 절대 자유로울 수 없어요."

파울이 운동장에 있는 짐에게 다가간다. 그들 주위를 사람들이 그림자처럼 돌아다닌다. 헐렁한 환자복 바지와 재킷을 입은 늙은 남자들. 그들 머리 위엔 담배 연기가 구름처럼 떠돈다. 아침의 까칠한 햇빛은 열이 오른 듯 노르스름하다. 짐은 더 호리호리하니 말랐다. 바지 속의 가느다란 다리는 약간 그을었다. 태양은 그가 어디 있는지 그를 찾아낸다. 그늘 속에 숨어 있을 때도 마찬가지다. 그만 비추는 특별한 태양이 있는 것 같다. 그의 피부를 갈색으로 매끄럽게 바꾸며 타오르는 파멸의 빛.

"누가 당신이 떠났다고 하던데." 그는 파울을 보자 이렇게 말한다.

"모두가 늘 다른 사람은 다 떠났다고 하잖아요. 하지만 여기를 떠나는 사람은 없어요."

"나는 8월에 일을 시작해."

"그렇군요."

"처음에는 아주 조심할 거야. 별다른 건 아니고, 그냥 가서 사무실에 앉아 있을 거야. 여기 처음 왔을 땐 며칠만 있다 갈 거라 생각했는데."

파울은 짧게 금속성 웃음소리를 낸다.

"모두가 그렇게 생각하죠. 모두 자기가 잘못된 자리에 있다고 생각해요. 그 상태로 시간이 지나죠. 그러면 이제 나가고 싶지 않죠."

"여길 떠나고 싶은 적이 없어?"

"네, 없어요. 바깥에는 남은 게 없어요."

"분명 모든 게 저기 있을 텐데."

"나한테는 아니에요. 우리 대부분에게는 아니죠."

"하지만 여기도 아무것도 없어."

"모든 게 있어요. 작은 마을 같죠. 그리고 어디 있는지 중요하지 않아요. 우리는 자기 자신에게서 벗어날 수 없으니까."

파울은 그를 바라보다가 결국 시선을 피한다.

"당신 딸은 특별해요."

"그런가?"

"몰랐어요?"

"그애를 본 것도 한참 전이야."

"여기 와서 당신을 찾았죠. 보통 저기 나무 아래 앉아서 기다려요. 가끔 그애랑 얘기를 나눠요."

희미한 산들바람이 저 위의 나무 우듬지를 잡아당긴다. 파울은 짐의 어깨에 손을 올린다.

"그애가 저기 앉아 있는 걸 보지 못했어요? 어째서 내려오지 않죠?"

"나도 몰라. 그애가 원하는 게 뭔지 몰라. 어쨌든 내가 줄 수 있는 게 아니야."

"베니가 온다면 나는 끝내주게 행복할 텐데. 하지만 그애는 그저 앉아서 엄마가 오기만을 기다려요. 그애가 원하는 건 그게 다죠. 엄마. 그 외에 다른 건 원하지 않아요. 선물도, 전화도, 아무것도."

짐이 부드럽게 웃는다.

"아이들은 모두 자기들이 갖지 않은 걸 원해."

"그렇겠죠? 언제나 다른 걸 원하죠. 베니는 늘 우리 중 하나가 달아날까 걱정해요. 내가 잘 때 도망가버리면 어떡해? 언제 집에 다시 와? 어느 길로 출근해? 그러면 마리는 망할 천사처럼 아이의 침대 가장자리에 앉아서 절대로 그애를 버리지 않을 거라고 약속했어요. 나는 그애 엄마가 침실 전등의 동그란 빛 속에 앉아 있는 모습을 보았죠. 그녀 안에서 빛이 나오는 것 같았어요. 아이는 언제나 그걸 켜놓기를 바랐죠. 그렇게 작은 전등이 밤새 타올라야 한다고. 아침이면 아이는 우리가 깨어날 때까지 서서 바라보았어요. 우리를 깨운 적은 없었죠. 그저 우리를 지켜주듯 서서 바라보기만 했어요."

"그렇지만 그 모든 게 어쨌든 망했다는 거 아니야?"

파울은 천천히 고개를 끄덕인다.

"언제나 그랬어요. 행복을 두려워해봤자 소용없어요. 어찌됐든 오래가지 않으니까."

"나는 여기에 있었을 때만큼 행복했던 적이 없었어. 병원에서. 그건 이상하지 않아?"

"딱히 이상할 것도 없죠."

"어째서 난 여기서 행복한 거지?"

"나도 몰라요. 그저 이상하지는 않다고 생각할 뿐이죠."

"어쩌면 그럴지도 모르지. 마지막으로 그애를 만난 게 언제야? 당신 아들 말이야."

"오래됐어요. 마지막은 바로 그 직후였죠. 잠깐 들어가도 된다고 허락을 받았어요. 삼십 분을 얻었던 것 같아요. 그애에게 모든 걸 주고 싶었는데, 내가 가진 건 삼십 분뿐이었어요. 그애에게 직접 말해주기로 벌써부터 마음먹었죠. 내가 그애를 위해 해줄 수 있는 건 그것뿐이었으니까. 정확히 무슨 일이 있었는지 말해주는 거요. 거짓말하지 않고, 뭐 하나 빼놓지 않고."

"아이에게 뭐라고 말했나?"

"그대로 말해줬어요. 그 일을 저지르기 직전까지도 그 여자를 해칠 생각이 없었다고. 그 여자를 죽이기란 너무 쉬웠죠. 내가 상상할 수 있는 이상으로 쉬웠어요. 내 손안의 그녀는 언제나처럼 너무 부드러웠어요. 숨 한 번 내쉬었을 뿐인데, 그 여자는 더는 내 것이 아니었어요. 우리 사이에 있던 모든 일이 단숨에 끝나버렸죠."

"그렇게 말했나? 당신 아들한테? 지금 말한 대로?"

"네. 하지만 내 생각과 달랐죠. 그애는 듣고 싶어하지 않았어요. 도망치려고 했죠. 그래서 난 이제 개한테 편지를 썼어요. 그게 아이에게 좋을 것 같아서요. 사랑이 어떤 모습이 될 수 있는지 아는 것, 이해하는 것 말이에요. 그 사랑은 지옥에서도 여전히 존재할 수 있죠. 그리고 나는 그녀가 몰랐던 걸 알았어요, 사랑에 대해서요. 그 여자가 전혀 느끼지 못했던 것, 여지껏 근처에도 가지 못했던 거죠. 그게 내가 그애에게 해줄 수 있는 유일한 일이에요. 하지만 그애는 그것도 원치 않아요."

"당신이 그런 짓을 하는 게 상상이 안 돼." 짐이 말한다.

잉에르 보겔이 스토라 만스 현관에 서서 소리친다. 파울은 몸을 움직이며 불붙은 담배를 던진다.

"나도 마찬가지예요. 그런 걸 상상할 수 있을 리가 없죠. 그 여자의 죽음은 다른 사람에 관한 오래된 악몽 같아요. 내가 하려는 말은 그저 당신은 딸을 만나야 하고, 그애가 작은 원숭이처럼 거기 그냥 앉아서 기다리게 내버려두면 안 될 것 같다는 거예요."

"잠깐." 짐도 역시 일어서면서 서둘러 말한다. "야키에 대해서 말해봐. 그애는 괜찮은가?"

파울은 대답하지 않는다.

"걔는 뭘 하고 있어?"

"당신을 기다리고 있어요. 당신이 자기에게로 내려와주기를. 그리고 사랑에 빠져 있어요."

"참 아름답군. 사랑에 빠져 있다니."

"난 그렇게 아름다운지 모르겠는데요."

"그렇지 않다고?"

"네. 사랑은 아름답지 않아요."

짐과 로네는 캄마카르가탄 집의 부엌에서 오후의 마지막 빛을 받으며 앉아 있다. 그녀는 파란색 그릇과 거품기를 들고 장기인 레몬타르트를 만드는 중이고, 짐은 셰리 한 잔을 들고 있다.

"내가 오븐에 머리를 넣으면 당신이 내가 어디 있는지 알 수 있겠지." 그는 로네의 목에 키스하며 속삭인다.

내가 좀더 크자 로네는 계속 사라진다. 로네는 멀리, 더 멀리 여행하며 세계 반대편을 헤맨다. 그녀는 재난이 남긴 참상, 유독성 비를 맞으며 달려가는 어린이, 쓰러진 나무, 죽은 강 사진을 찍는다. 아드리아해. 사해. 대서양. 인도양. 로네가 멀리 떠나 있는 동안 모든 게 황폐해진다. 로네 없이는 모든 게 무너지는데 우리는 고치는 법을 모른다. 저녁에 나는 자리에 앉아 바느질을 해보려 애쓴다. 양말과 셔츠의 구멍을 깁고 오래전에 이미 작아져서 못 입게 된 노란 원피스를 수선한다. 전부 더럽고 때가 묻었다. 우리는 바닥에 놓인 옷더미와 다른 물건들을 헤치고 걸어다니면서 작은 물길을 낸다. 전구가 나가면 영원히 나가는 것이다. 짐은 소파베드 옆에 갈색 맥주병을 두고 누워 병뚜껑으로 탁자를 톡톡 치면서, 내가 말을 걸어도 대답하지 않는다. 로네에 대해 물어보면 그는 벽으로 돌아눕는다. 그러고 며칠 후에야 일어난다. 그는 텡네르가탄의 주류 판매소에 들렀다가 옵세르바토리에룬덴공원으로 가서 종일 앉아 죽은 자와 이야기를 나눈다. 가끔은 내가 그의 마음속 공간에 닿을 수 있을 것만 같다.

짐은 퇴근 후 길 건너에 있는 레스토랑에 앉아 있곤 했다. 그러다가 자정이 되면 사무실에 가서 퇴근 기록을 남기고 비틀비틀 집으로 돌아왔다. 그 누구도 그 자정의 시간에 대해서 묻지 않았다. 휴게실에서 잠이 들어도 아무도 아무 말도 하지 않았다. 그가 깨어나면 사람들은 모두 가고 없었다. 완전한 정적이 흐르고, 머리 위에서 형광등이 지지직 소리를 내고, 탁자 위에는 커피가 엎질러져 있을 뿐이었다. 그는 무인 지대에 있는 것만 같았다. 원하는 건 뭐든지 할 수 있을 듯했고 불멸의 존재가 된 것 같았다. 그는 사랑이 술에 취한 이들을 위해 형성하는 마법의 골디락스 존에 존재했다.

짐: 항상 삶과 죽음 사이의 정확히 적정한 거리에 있는지를 확인한 사건이었어. 죽은 이를 닮기 시작한 삶에서는 너무 멀고, 등골을 타고 흐르는 서늘한 두려움의 물줄기에서 느껴지는 죽음은 너무 가까운 거리. 망각 속에 깊이 잠기거나 치명적인 위험에 노출된 기나긴 순간들. 술에 취해서 지나가는 차 앞으로 넘어지거나 열기구를 타기도 했어. 수면제를 너무 많이 먹어서 오후 내내 약기운에 빠져 있기도 했지. 내가 한 모든 행동은 죽음과 관련이 있었지만, 그래도 반드시 죽음으로부터 적절한 거리를 두었어. 잔뜩 취해서도 다음날 진료 예약 시간까지 몇 시간이 남았는지 셌지. 수면제를 처방해주고 내 내장이 망가지지 않도록 체크하는 의사가 있었어. 난 의사를 여러 명 만났어. 동네마다 한 명씩 있었지. 그중 한 명은 육 개월마다 내 상태를 확인했어. 통제 불능은 그저 환상일 뿐이야. 알코올의 심연 속에는 완전한 통제가 있어. 냉정하고 단순한 수학. 나는 피해를 계산하고 그 범위를 추정하려 했어. 너와 로네에게 완전히 통제하고 있다고 말했던 건 거짓말이 아니야. 오직 알코올중독자만이 통제가 완전하다는 걸 알지. 그게 모든 것에 그림자를 드리우거든. 나는 침대에서 일어나 캄마카르가탄을 비척비척 걸어 출근하려면 언제 술을 그만 마셔야 하는지 정확히 알았어. 언제 술을 끊어야 하는지 알았지. 식사 후 직장 동료들이 나를 들어서 계단 위로 옮겼을 때도 나는 내가 뭘 하는지 정확히 알았어. 그건 나의 저항, 반역이었어.

로네가 돌아오고 짐이 아직 도시로 떠나지 않았을 때 우리는 차를 타고 같이 외출했다. 그런 오후면 나는 구름 같은 담배 연기와 목소리에 휩싸인 채 뒷좌석에 누워 풍경 속에 회색 리본처럼 펼쳐진 구불구불한 길들을 내다보곤 했다. 커다란 선글라스를 낀 로네는 운전석에 앉았고 짐은 그 옆에 앉아 그녀를 바라보았다. 아무리 봐도 질리지 않는다는 듯 늘 빤히 쳐다보았다. 하지만 짐은 로네를 보살피는 방법, 붙잡아두는 방법을 몰랐다. 로네는 우리 앞에 펼쳐진 길만 보았고, 늘 그렇듯이 무릎에 지도를 펼쳐놓고 고속도로에 집중했다.

"행복하게 해주지 못해서 미안해." 짐이 뜬금없이 말했다. 밤이 되기 전 부드럽고 흐릿한 오후의 빛이 비쳤고, 순간 그는 뒷거울로 나와 눈이 마주치곤 미소를 지었다. 그 미소는 언제나 그렇듯 금방 사라졌고 그는 곧 시선을 돌렸다. 한참 동안 로네는 마치 행복이 뭔지 생각하듯 조용히 앉아 있다가 미소를 짓더니 한 손을 그에게 뻗었다.

"당신이 슬프다는 거 알아. 나도 그러니까. 우린 이걸 극복할 거야."

짐: 마지막쯤에는 로네와 나는 각자 책 한 권씩을 들고 소파에 함께 앉아 있곤 했어. 똑같은 담배 연기 고리 한 쌍이 천장으로 올라갔지. 내 손에 든 책은 관 같았어. 내 꿈은 글을 쓰는 거였어. 피아노를 연주하는 꿈도 꿨지. 하지만 이제 내 꿈은 텅텅 비어버렸어. 매일 아침 도시에 사는 수십만 명의 남자들이 그러듯이 회색 외투를 입고 회색 서류가방을 들고 출근했어. 땅거미가 내리면 언덕을 올라 카마카르가탄으로 돌아와서 로네와 함께 소파에 앉았지. 우리는 나무와 물안개와 나뭇가지 사이를 날아다니는 새들을 내다보았고, 그 시간 내내 내 내장들이 도시 위에 흩뿌려진 느낌이 들었어. 폐, 신장, 간, 쓸개, 심장이 도시의 쥐들과 새들의 손쉬운 먹이가 된 듯했지.

나를 바라보는 로네의 눈길에 잠에서 깬다. 방에는 빛이 밝아오고 있다. 로네는 한밤중에 돌아왔는데 내가 듣지 못한 게 분명하다. 나는 파울이 올 때를 대비해서 문을 열어두고 자지만, 그는 더이상 오지 않는다. 로네는 침대 가장자리에 앉아 있다. 얼굴은 햇볕에 그을었고 솔직하게 모든 걸 드러낸다. 로네는 바람과 바짝 마른 풀 냄새를 몰고 왔다. 그녀는 내가 있는 집에 오려고 밤새 비행기를 타고 왔다. 그녀가 조심스레 담요를 걷자 시트에서 암모니아 냄새가 훅 끼친다. 나는 소변 웅덩이 속에서 자고 있었다.

　"자다가 오줌 쌌나봐요." 내가 로네를 올려다보면서 말한다.

　"내가 여기 있으니 얼마나 다행이니." 로네가 속삭인다.

"이제부턴 나랑 있을 거예요, 로네?"

"그래, 이젠 너랑 있을 거야."

로네의 눈이 순간 흐려지더니 나를 두 팔로 안아 일으켜서 욕실로 데려간다.

"체르노빌에 갔었어요?" 로네가 욕조에 앉은 내 등을 문지르는 동안 내가 물었다. 불현듯 내 어깨뼈 아래에 긁힌 자국이 가득하다는 사실이 떠오르지만, 그녀는 그저 부드러운 손길로 조심스럽게 그 자국을 닦아준다. 불로 씻는 것처럼 따끔하다. 나는 에드바르드가 틀렸다고 생각한다. 다치지 않고 아래로 떨어지기란 불가능하다.

"아니, 가지 않았어." 로네는 천천히 말한다. "대신 집으로 왔지."

"그럼 오데사는 어땠어요?"

등뒤에서 울먹이는 소리가 들린다.

"끔찍했어."

마지막 환자
(여전히 빛을 받으며)

야노브시 박사는 의료기록을 조심스럽게 접어 손으로 몇 번 누른 후 옆에 치워놓는다.

"무슨 생각 합니까, 올로프?"

올로프는 고개를 들더니 자신의 작은 가방을 더 꽉 움켜쥔다.

"이젠 가야 할 시간이라는 생각을 하고 있었어요."

"다른 건요?"

"어땠는지 생각하고 있어요. 가끔은 이 건물이 나만을 위해 존재하는 것 같았죠. 이 세상에서 유일하게 나만을 위한 것. 격리병동에 있으면 그 잠긴 방이 우주를 저절로 떠다니는 것만 같았어요."

"하지만 올로프는 혼자가 아니었죠. 당신 같은 사람이 천 명은 됐어요."

"네, 그랬죠."

야노브시 박사가 일어서서 일몰을 등진 채 창문 옆에 자리잡는 바람에 그의 얼굴이 그늘에 잠긴다. 갈까마귀 한 무리가 시계탑공원 위를 낮게 날아간다. 어찌나 낮게 나는지 반대편 건물로 날아들 것만 같다. 그러나 마지막 순간에 전율이 일어날 정도의 협동으로 재빨리 위로 솟구친다. 이 방에 있는 것이 지금 세상에 있는 전부다. 형광등에서 발산되는 낮은 윙윙 소리. 야노브시 박사의 목소리.

"저기 바깥에 자유롭게 있는 자신의 모습을 생각하면 뭐가 보여요?"

올로프는 잠시 아무 말 없이, 자기 자신을 진정시키려는 듯 마른 손바닥을 작고 빠른 동작으로 맞비빈다.

"내가 뭘 보는지 알고 싶어요?"

"네."

"음, 겨울이에요. 뉘보로비켄의 만에 얼음이 깔렸죠. 거대한 눈송이와 살을 에는 듯한 추위. 거리를 서둘러 걸어가는 사람들. 쿵스트레드고르덴공원에서 스케이트 타는 아이들. 등을 밝힌 작은 아이스링크. 스피커에서는 희미한 음악소리가 흘러나와요."

그는 다시 침묵에 빠져서 눈을 내리깐다.

"그럼 당신은 어떤데요. 올로프는 어디 있죠?"

무릎 위에 얹은 그의 두 손 위로 눈물이 떨어진다.

"나는 겨울 외투를 입고 함가탄의 NK백화점 바깥에 웅크리고 누워 있어요. 내 위로 사람들이 서둘러 지나가죠. 사람들이 나를 지나쳐 뛰어가는 모습이 보여요. 모두 제트기처럼 너무 빠르죠. 너무 두려워요, 박사님."

"어디로 가는 것 같아요, 그 모든 사람들이?"

"다들 미래로 가는 길이죠. 그렇지만 그 미래에 나를 위한 건 없어요."

천사의 시대

나무들은 잎을 모두 잃었다. 헐벗고 젖어버린 검은 나무둥치, 새도 없는 낮은 우윳빛 하늘. 나는 벤치에 앉아서 기다리고, 짐이 사각 안뜰을 어슬렁어슬렁 걸어온다. 마지막 남은 나비가 잔디밭 위를 스치듯 날아가지만, 이제 그 날개는 날기에 너무 무거워 보인다. 한 남자가 근처에서 갈퀴로 잎을 그러모으고 있다. 짐은 한참 아무 말 없이 서서 손에 든 봉투를 만지작거린다.

　"안녕, 짐."

　"보고 싶었다, 야키."

　"그랬어요?"

　"응."

　"내가 다시 오지 않길 바라는 줄 알았는데."

거대한 날개로 무거워진 나비는 이제 아주 잠잠하다. 번데기 무덤이 있는 흙에서 태어난 듯 짙은 회색, 흙색이다.

"그럼 뭐가 보고 싶었어요?" 그가 아무 말도 하지 않자 나는 묻는다.

그는 웃더니 내 모자챙을 슬쩍 눌러 눈 위로 스르르 내려오게 한다.

"이 모자. 이 모자가 보고 싶었어."

우리는 잠시 침묵 속에 앉아 있다. 그 나비를 잡아서 한 손으로 뭉개버리는 게 참 쉽겠다는 생각이 들지만 가만히 둔다. 짐은 달라 보인다. 이전만큼 유령 들린 사람 같지 않다. 그는 며칠 휴가를 받아서 고틀란드 해안에 있는 스토라칼쇠섬에 다녀왔다고 말한다.

"난 여길 곧 떠나."

"얼마나 곧이요?"

"몰라. 에드바르드가 말해주길 기다려."

새 한 마리가 하늘을 낮게 날자 풀 위에 짧게 어리는 그림자. 아마 맹금류일 것이다. 나는 그 새가 하얀 하늘 속으로 사라질 때까지 눈으로 쫓는다. 뭐라고 말해야 할지 모르겠다. 이전에는 그가 여기 영원히 머물 거라 생각했다. 이건 무언가의 끝이라고, 그가 다시 돌아오지 않을 거라고 생각했다.

"그럼 이제 나아진 거예요?"

"난 절대 나아지지 않을 거야. 하지만 여기 계속 있을 필요는 없어."

나비는 날개를 퍼덕여 잔디밭 위를 짧게 날다가 갑작스레 땅에 내려앉더니 그대로 머무른다.

사비나는 체스판을 품에 안고 짐을 기다리는 중이다. 모피코트 안에 검은 수영복을 입고 에드바르드의 커다란 레인부츠를 신었다. 그녀는 핸드백을 뒤지더니 립스틱을 하나 꺼내 뚜껑을 열고는 바르지도 않고 들고 있다.

"돌아왔네." 그녀가 말한다.

"돌아오는 게 당연하지."

"당신이 영원히 가버린 줄 알았어."

그녀는 말없이 말을 세운다. 그들은 체스를 시작하더니 엄청난 집중력을 발휘해 맹렬한 속도로 게임을 이어간다.

"밖에 나가서도 우리가 만날 거라고 생각해?"

"그렇고말고."

사비나는 잠시 멈춘다. 그러더니 말을 잇는다.

"그래, 결국 당신에게 애착을 느낀 건 나였지 그 반대는 아니었어. 언제나 그런 식이야. 시작하는 사람은 나지. 그다음엔 모든 걸 잃어버려. 아니면 나 자신을 잃거나. 이 문으로 걸어나가는 순간 당신은 나를 잊어버릴 거야."

"당신을 잊어버리긴 너무나 힘들 거야, 사비나."

"그럼 내가 여기 머무르면?"

"그러면 여기 와서 당신을 만날게."

두 사람은 말없이 계속 체스를 둔다.

"당신의 죽음은 어떨 것 같아, 짐?"

"당신이 생각하는 건 정말 오직 그것뿐이야?"

"오직 그것뿐인 건 아니야. 우리에 대해서도 생각해. 우리에 대해서 많이 생각해."

짐이 매일 일정 시간 병원을 나가도 된다는 허락을 받아서 우리는 더 멀리, 호숫물이 둑 위로 넘쳐흐르는 자리까지 간다. 며칠 동안 수위가 올라 차가운 물이 숲속 더 깊은 곳까지 밀고 들어온다. 여름 호수지만 수온은 거의 영하에 이른다. 얼음 같고 유리처럼 맑은 물. 나중에는 기름이 껴서 갈색으로 변할 것이고, 호수 전체에 독한 유황과 오래된 비 냄새가 어릴 것이다.

"그래서 파울을 만났니?" 그는 한 손에 돌을 쥐고 앉아 금빛이 도는 납색 호수 위를 내다본다.

"네." 내가 말한다. "보통 스토라 만스 뒤에서 정원 일을 하는 걸 도와요."

짐은 한 손으로 손짓을 해 보인다.

"운명도 기구하지. 파울처럼 착한 남자치고는."

"무슨 운명요?"

"너 모르니?"

들쭉날쭉한 불꽃이 내 안에서 확 타오르며 갑자기 혈관에 열기가 솟구친다.

"모르는 거 같은데요."

단어들이 물러서다 다시 나타난다. 짐의 목소리는 뭔가 환상적인 이야기를 전하듯 빠르고 가볍다. 호수 반대편에서는 마지막 햇빛이 물에 닿을 듯 축 늘어진 나무들 사이로 스며든다. 저멀리에서 보면 사냥꾼을 피해 호수로 도망가려는 것만 같다. 도망치는 도중에 얼어붙어서 고개를 숙이고 활기 없이 드러난 가지들을 힘없이 늘어뜨린 나무들. 눈을 감고서 내 목을 감싸고 가늠하던 파울의 커다란 손을 다시 느낀다. 머리카락에 닿은 그의 따뜻한 숨결, 어둠 속의 단순한 질문.

"그럼 베니는요?" 나는 마침내 묻는다.

"사람들이 데려갔어."

"무슨 뜻이에요?"

"경찰이 와서 그를 잡았거든."

짐이 던진 돌맹이가 평평하고 텅 빈 수면을 가른다. 돌이 사라진 자리에서 동그라미 수천 개가 자라난다.

사비나의 스웨터에서는 불과 숲의 냄새가 난다. 나는 스웨터에 얼굴을 묻고 그녀가 나를 잠시 안고 있도록 내버려둔다. 그녀의 호흡은 느리고 차분하며 나는 여기, 그녀의 곁에 영원히 머물 수 있기를 바란다. 짐은 병동으로 돌아가버렸다.

　"신경쓰지 마, 야키. 모든 것엔 다 저만의 시대가 있어. 황금의 시대. 영웅의 시대. 천사의 시대."

　"그렇게 생각해요?" 나는 그녀를 더 세게 끌어안으며 말한다. 내 손 아래 그녀는 너무도 날씬해서 갈비뼈와 심장밖에 없는 것 같다. 카디건만 입은 나는 너무도 춥다. 겨울이 오고 있다. 파도처럼 밀려오는 추위, 공기 중에 스민 연기, 새로 떨어진 눈 냄새.

　"넌 벌써 짐을 앞섰어." 그녀가 속삭인다.

"그랬나요?"

"그래, 오래전에."

"그럼 로네는요?"

"난 로네를 몰라. 하지만 어머니를 앞설 수 있는 사람은 없지."

사비나가 자기 어머니에 대해 얘기한 적은 없다. 그녀에게 있는 사람은 오직 자연사박물관 큐레이터뿐일 것이다. 이따금 양복을 입고 나타나 사비나와 함께 병실에 처박혀 있는 남자. 그는 까다로운 존재감으로 병동을 채우고, 그가 곁에 있을 때는 누구도 감히 사비나 근처에 가지 않는다. 에드바르드나 짐조차도.

"네가 병에 걸리면 말이야." 그녀가 말한다. "누군가 너를 돌봐주지. 너는 천천히 네가 생각도 못해본 사람으로 변해가. 그 어둠의 한가운데에는 네 어머니가 있지."

정문 경비실 앞에서 헤어지기 전에 사비나는 내 카디건 단추를 채워준다. 그녀는 한참 나를 바라보다 부드럽게 밀어낸다.

나는 다인실에 있는 짐의 침대에 그와 나란히 웅크리고 앉아
있다. 담요 아래 우리의 발이 닿는다. 나는 발에 닿은 그의 맨발
바닥을 느끼려 무릎을 끌어올린다.

"너 달라 보인다, 야키."

"그래요?"

"좀 컸네. 자그마한 아가씨 같아."

"생일을 맞았으니까요."

"나도 알아. 열네 살이지. 세상을 지배할 때야. 내일이면 나는
여기를 떠난다. 말했던가?"

"네, 말했어요."

"내가 여름을 놓쳤구나. 미안하다."

"알아요. 하지만 그런 건 중요하지 않아요. 또다른 여름들이 있을 테니까요. 내일 와도 돼요?"

"아니, 오지 마. 마지막은 나 혼자 해야 해."

우리는 말없이 앉아 있다. 먼지 입자가 희미한 햇빛 속에 떠다닌다.

"어쩌면 내일은 학교에 가야 할지도 모르겠네요." 내가 마침내 말한다.

"벌써 개학했어?"

"몇 주 전에 했어요."

그는 물이 담긴 유리잔처럼 무척 맑은 시선을 보낸다.

"물론 학교에 가야지. 넌 미래잖아. 잊어버렸니?"

"언젠가 나한테 이게 미래의 종말이라고 했었잖아요." 나는 몸을 비틀어 침대에서 일어나며 말한다. 그리고 창가로 걸어간다.

"내가 그런 말을 했나?"

"네."

짐의 목소리는 차분하고 따뜻하다.

"나에 대한 이야기를 했던 거겠지. 알잖니, 신생아 병동에서 로네의 팔에 안긴 너를 처음 보았을 때, 저기 바깥이 네 세상이라 생각했다. 이 여자아이는 원하는 건 무엇이든 할 수 있다고 생각했어."

나는 멀리서 파울을 본다. 그는 한 손에 상자를 들고 스토라만스 바깥에 서 있다. 좀더 떨어진 자리에는 검은 차가 세워져 있다. 차창에 반사 코팅을 해서 불길하고 음산하다. 내가 불러도 그는 대답하지 않는다. 그의 등은 분노로 경직되고 뻣뻣하다. 내가 옆에 서자 비로소 그가 고개를 들고 주위에 감돌던 차가운 빛이 사라진다. 눈이 마주친 순간 비현실적으로 파랗고 희미한 눈이 나를 꼼짝 못하게 붙든다. 그가 곧 가버릴 것을 알기에 나는 시간을 벌려고 한다. 그 없이 어떻게 버텨야 할지 모르겠다. 이 사람 다음에는 아무도 없을 것이다. 그래서 나는 그렇게 말한다. 여전히 그는 내게 가장 가까운 사람이라고.

　"그거 좋네. 하지만 난 곧 여기서 멀리 떠날 거야." 그가 물기로 번들거리는 눈으로 대답한다.

"어디로 가는데?"

"나도 몰라. 병원에서 나를 옮기겠지."

빛은 차갑고 불길하고 치명적이다. 이전에는 미처 깨닫지 못했다. 헐벗은 나무 위 노랗고 거친 빛. 대량의 물이 쏟아져 병원 공원을 불같이 격렬하고 게걸스러운 강으로 만들며 바깥의 평원을 감싸고 뒤엉킨 묘목들을 뿌리째 뽑아내면서 흔적을 남긴다. 그 일대엔 무덤 냄새가 맴돈다. 담즙색 구름, 찢어지고 병든 조각들. 고독한 별들이 하늘에 뜨기 시작한다. 눈에 눈물이 고이자 별들은 서로 합쳐지고 하늘은 하나의 우윳빛 막으로 변한다.

"다시 만날 수 있어?"

"그럴 순 없을 것 같아."

"내 친구라고 말했잖아. 기억 안 나?" 그는 한참 동안 나를 보다가 특유의 환한 미소를 지으며 한 손바닥을 펼쳐서 그 위에 후 바람을 분다.

"안녕, 작은 나비. 이제 날아가렴."

그는 몸을 돌려 차로 걸어가더니 자기 상자를 트렁크 안에 던져놓고 거대한 몸을 뒷좌석에 구겨넣는다. 나는 눈앞에 벌어지는 일을 그저 바라볼 뿐 움직일 수가 없다. 차로 뛰어가서 그를 붙들어야 하지만 뛸 수 없다. 내 안의 무언가가 나를 주저앉힌다.

건물 앞을 올려다보니 에드바르드가 창가에 서 있다. 짙은 선글라스를 쓰고 뒷짐을 지고 서서 나를 본다. 그는 한 손을 들어 내게 흔들더니 어둠 속으로 사라진다.

영원의 관점에서
(비타)

"어느 화살이 영원히 날아갈까, 짐?"

거대한 나무 우듬지가 강렬한 햇빛으로부터 그들을 보호해준다. 짐은 나무둥치에 고정한 판에 연습삼아 활을 쏘고 비타는 바짝 마른 잔디 위에 외투를 덮고 누워서 신문을 읽고 있다. 뒤에서 보면 그녀는 어린 소녀 같다. 허리에 두른 가느다란 빨간색 벨트, 태양을 가리기 위한 두건, 잔디 위에서 가만히 못 있고 들썽들썽하는 가느다란 다리. 그들을 처음 본 사람은 비타가 손에 활을 든 젊은 남자의 어머니일 거라고는 상상하지 못할 것이다. 연인으로 오해하기 십상이다. 그의 화살이 활을 떠나면 비타는 신문에서 시선을 돌려 화살이 과녁에 적중했는지를 본다. 놀랍도록 길게 지속되는 것처럼 느껴지는 순간이다. 시간은 느슨해지고 화살은 느린 동작으로 천천히 호를 그리며 공중을 날아간다. 비타는 마치 짐이 숲, 미래, 화살의 궤적, 이 모든 걸 손에 쥐고 있기라도 한 양 바라본다.

"어째서 내 이름을 제임스라고 지었어요?"

비타의 눈은 환하고 또렷하며, 그 무엇도 지금 그녀가 그를 의심할 이유가 되지 않는다. 그녀의 아들이자 궁수, 그녀의 밤에 비치는 빛.

"왜냐하면 그 이름이 '보호하는 자'라는 뜻이기 때문이야. 내가 아들에게 줄 수 있는 가장 아름다운 이름이었어."

"하지만 내가 누구를 보호해야 하죠?"

"모르겠어…… 너 자신…… 네 아이…… 네 딸."

"하지만 나는 그 모든 걸 실패해버렸죠."

화살이 마침내 과녁을 맞히며 갈라지는 소리를 냈고, 명중이었다. 비타는 그를 향해 윙크하며 말한다. "그건 중요하지 않아. 나도 실패했기는 매한가지인걸. 하지만 너에겐 아직 시간이 있어. 잊어버렸니?"

그 말과 함께 그녀는 사라진다.

사랑의 중력

병원에서 집으로 돌아가는 길에 비가 내린다. 부드럽고 따뜻한 비. 나는 오래된 수집품들이 널린 가게 창문 안을 들여다본다. 주인은 무릎 위에 거대한 까마귀 박제를 올려놓고 팔걸이의자에 잠들어 있다. 내가 창문을 두드리자, 그가 벌떡 일어서서 나온다. 까마귀 발톱은 거대한 배 위에 여전히 올려져 있다.

"그 근사한 고양이는 어떻게 했니?"

"줘버렸어요."

"잘했네. 늘 자기가 가진 가장 좋은 걸 남에게 줘야 하지."

"우리 아빠가 내일 집에 와요."

그의 눈썹이 이마선까지 솟는다.

"놀라운데! 내일 근사한 파티를 하겠구나. 내가 다 기분이 좋은데."

그는 까마귀를 내려다본다.

"너희 아빠가 이 작은 새를 갖고 싶어할까? 이거 베를린동물원에서 온 건데."

나는 뻣뻣한 회색 날개를 조심스레 쓰다듬는다.

"고마워요. 하지만 아빠는 괜찮다고 할 거 같아요."

그는 갑자기 제안이 후회되는지 박제를 더 꼭 안는다.

"그래, 그렇겠지. 사실 내가 집에 가져갈까 생각중이었어."

"어디 살아요?"

그는 내가 자기 사는 곳을 모른다는 사실에 놀란 듯하다.

"물론 나는 여기 살지."

그는 가게 뒤편의 커튼을 가리킨다. 그러더니 내 뺨에 입을 맞추고 자기가 얼마나 기분이 좋은지 모르겠다는 말을 되풀이한다. 내가 가게를 나올 때 그가 뒤에서 외친다.

"내가 어렸을 땐 여자애들을 까마귀라고 부르곤 했어."

나는 계단통 창가에 앉아서 홉손 담배를 피우며 마당을 내다본다. 집 없는 개가 먹을거리를 찾아 쓰레기통 뒤를 뒤진다. 개는 너무 말라서 털 아래로 갈빗대가 다 드러나 보일 정도다. 로네가 나를 현관에서 맞는다. 어쩌면 내가 문으로 들어오는 소리를 듣고 기다리고 있었는지도 모른다. 로네가 분홍 수건으로 비에 흠뻑 젖은 내 머리를 말리는 걸 그냥 내버려둔다. 나는 그녀를 바라본다. 아무리 봐도 절대 질리지 않는다.

"로네, 진짜로, 왜 돌아온 거예요?" 나는 허리 위로 옷을 다 벗은 채로 소파에 앉아 묻는다. 내 뺨에는 빗방울이 맺혀 있다. 로네는 하던 일을 멈추고 수건을 떨어뜨린다. 그러고는 내 이마의 물기를 털어준다.

"겁이 났어."

"뭐가 겁났어요?"

"네게 무슨 일이 생겼을까봐 겁났어. 어느 날 밤 오데사에서 잠에서 깨어났는데 네가 위험에 빠졌다는 강한 확신이 들었어. 그랬니?"

바깥에 내리는 비는 투명한 벽 같다. 늦여름 비. 저녁식사 후에 자작나무 아래 비탈에 앉아서 자신의 진주알을 세던 사비나를 떠올린다. 그녀와 다른 모든 사람이 나를 벌써 잊었으리라 생각한다. 사람들이 병원을 떠난 이들을 늘 잊어버리듯이.

"짐은 내일 베콤베리아를 떠나요." 나는 질문에 대답하는 대신에 이렇게 말한다.

"알아. 네가 돌아오기 직전에 짐이 전화했어."

"그럼 짐은 우리에게 돌아오나요?"

갑자기 로네는 몇 주씩 잠을 이루지 못한 사람처럼 피곤해 보인다.

"그러지 않을 거라는 거 알잖니."

드로트닝가탄의 가게는 오래전에 사라졌다. 이제는 천장에 크리스털 샹들리에가 달리고 벽에는 황금 천사를 장식한 커피숍으로 바뀌었다. 마리온을 가졌을 때 리카르드와 함께 간 적 있었다. 임신 초기였다. 내 안에서 처음으로 거미가 기어다니는 듯한 느낌이 들던 때였다. 누군가 갑자기 내 뱃속에서 깃털 하나를 들고 빠르게 터는 것 같았다. 거대한 크리스털 샹들리에 아래에서 나는 리카르드에게 상점 주인과 옛날 물건으로 가득했던 가게에 대해, 여우와 마네킹, 모자에 대해 이야기했다.

"그 사람은 이젠 존재하지 않는 세계와 함께 사라졌어. 내가 아이였을 때 여기 있었던 세계. 가끔은 그 세계가 그리워."

그런 다음 리카르드에게 베콤베리아 이야기를 해줬다. 이전에는 하지 않았던 이야기였다. 그에게 사비나와 파울과 에드바르드, 지미 달링에 대해 이야기했다. 내가 말을 멈추자 리카르드는 내가 아이였을 때 나를 알았더라면 좋았을 거라고 했다.

"그때 나를 만났으면 어떻게 했을 것 같아?" 내가 말했다.

"너를 안아들고 멀리 데려갔을 거야."

"하지만 난 거기 있고 싶었는걸. 내가 원한 건 그뿐이었어."

"그럴 수 있지. 그래도 나는 어떻게든 그렇게 했을 거야."

그 마지막 순간, 짐은 병원 시계 아래에 있는 에드바르드의 진료실에 앉아서 의료기록 위로 담배 연기 고리를 띄우고 있다. 희미하게 깜박이는 빛 위의 스탠드. 오늘은 커튼을 한쪽으로 젖혀 놓아서 몇 시간이고 서서 감상할 수 있는 모든 것이 눈에 띈다. 뼈, 두개골, 포름알데히드 병들. 늙은 문어가 회색빛 물속에 애처롭게 떠다닌다.

"그럼 이제, 지미 달링, 기분이 어떻습니까?"

"모르겠어요. 좋다고나 할까."

"누가 데리러 오기로 했습니까?"

"아니, 버스 탈 거예요."

"아무도 안 오면, 병원에서 요금을 내주는 택시도 있어요."

"아뇨. 그동안 그 버스에 타는 걸 얼마나 바랐는지 몰라요."

"잘됐네요."

"알죠, 에드바르드, 점점 더 작별인사 하는 게 힘들어져요. 해가 지날수록 더 심해지죠. 이제 버스에도 탈 수 없어요. 내릴 때 다른 승객들과 헤어져야 하니까요."

에드바르드는 웃으며 의자에 몸을 기댄다.

"그거 돈후안의 딜레마 아닙니까?"

"어떤 딜레마죠?"

"여자를 보면 손대지 않고 지나갈 수 없는 거."

"그럴지도. 당신이 사비나를 돌봐줄 건가요?"

"내가 그렇게 하리라는 거 알잖아요."

"그 여자는 뭔가 필요해요. 다만 내가 그게 뭔지 모를 뿐이지. 난 그걸 줄 수 없어요. 누군가 그 여자를 돌봐줘야 해요."

에드바르드는 서둘러 그를 끌어안는다.

"오직 자신만 생각하는 게 다소간 당신을 보호해줄 거예요, 지미. 하지만 다시 아프지 않으려면 궁극에는 사랑을 시작해야 해요."

짐은 계단을 내려가 돌아보지도 않고 병원을 떠난다. 정문 경비실에 이르자 그 앞에서 담뱃불을 붙이고 몇 번 빠르게 들이마신 후 버스정류장으로 걸어간다.

며칠 후 우리는 스푀크파르켄공원에 앉아 어둠이 떨어지는 모습을 구경했다. 가을이라 해가 빨리 떨어졌다. 나는 가는 은목걸이와 호박 빗을 생일선물로 받았다. "사비나가 준 선물이야." 짐이 말했다.

　그는 전화를 걸어 이전처럼 내 생일을 옵세르바토리에룬덴 공원에서 축하했으면 좋겠다고 말했다.

　"사비나는 어떻게 지내요?" 나는 반짝이는 황금색 빗으로 머리를 빗으며 물었다.

　"이전과 똑같아. 슬프지. 사비나 질환이라고나 할까."

　"그럼 짐은요?"

　"난 괜찮아. 사는 건 슬픔의 일이니까."

그는 드로트닝가탄의 가게에서 낡은 해먹을 사 왔고, 우리는 천국과 지상 사이에 걸린 그것에 앉았다. 공원의 밤은 언제나 갑자기 닥쳐온다. 위에서 누군가 스위치를 탁 꺼버린 것 같다. 우리는 어스름 속에 앉아 있었고 움직이는 거라곤 그의 담배뿐이었다. 우리 앞에 떠오른 한밤의 고독한 반딧불. 나는 절대 부탁하지 않으리라 생각했지만, 사실상 모든 말이 간청이고 결국에는 불가피하다. 그는 푸른 눈으로 나를 본다. 너무나 강렬해서 다른 것으로, 검정으로 변해버리는 파랑. 그리고 정처 없이 헤매는 커다란 눈, 단단하게 고정된 동공을 둘러싼 홍채, 그 속에 담긴 외로운 눈빛은 늘 나를 빨아들일 듯 위협적이고 매력적이었다. 눈은 너무나 푸르른 옥빛이었으며, 그 속의 액체에 알코올이 스민 듯 아쿠아비트* 병처럼 투명한 푸른색을 띠었다.

"어느 날 밤엔 짐이 술을 끊은 꿈을 꿨어요. 맑은 정신인 짐은 상상할 수 없다고 늘 생각했지만, 꿈속에서는 할 수 있었죠. 다른 모습은 아예 없는 사람 같았어요."

"꿈 속에서 내가 어땠는데?"

"달랐어요. 매끄러웠죠. 꿈속에서는 완전히 매끄러웠어요. 어

---

* 스칸디나비아의 투명한 증류주.

떤 모서리도 없는 것처럼."

짐은 마치 다른 세계에 있는 것처럼 나를 보더니 공원 너머를 바라보고 은색 도시 위에 천천히 내려앉은 어둠을 응시했다.

"난 절대 그런 걸 줄 수 없을 거야. 내가 너에게 절대 줄 수 없는 한 가지이지."

그리고 그날 밤 옵세르바토리에가탄에서 거미들이 그의 가슴 위로 기어다니기 시작할 때, 나는 그를 안았다. 그가 발견하기도 전에 내가 먼저 거미들이 기어올라오는 것을 보았다.

"하지만 넌 그런 것들을 볼 수 있으면 안 돼. 그런 게 가능해서는 안 돼." 그는 내 두 손을 더듬어 잡으며 옆에 앉아 중얼거렸다. 사실이었다. 그의 악몽을 볼 수 있으면 안 되는 거였다. 하지만 언제나 보았다. 브랜디 속에서 살아서 튀어나온 태고의 거미들이 부드럽게 전자음을 내며 천장에서 한 마리씩 그의 몸 위로 떨어진다. 기어다니는 검은 몸들이 순식간 침대를 가득 채운다.

땅거미 내릴 무렵 바닷새 한 마리가 천천히 병원을 가로지른다. 너무도 창백해서 안에서 빛을 내뿜는 것만 같다. 나는 복도를 따라 미끄러지듯 날아가는 새의 모습을 언뜻, 잠깐만 볼 수 있을 따름이다. 그러다 새는 사라져버린다.

스톡홀름의 겨울

짐이 병원을 떠난 후에도 에드바르드는 그를 놓아버릴 수가 없었다. 짐이 퇴원하고 몇 주 후, 에드바르드는 전화로 어떻게 지내느냐고 물었다.

"어때요, 지미?" 그가 물었다.

"모두가 그리워요." 짐은 창가에 앉아 옵세르바토리에룬덴공원을 내다보며 말했다. 사비나는 침대에 누워 그를 보고 있었다. 그녀는 또 몇 시간 동안 병원 밖으로 나온 참이었다.

"우리도 당신이 그리워요. 원하면 오늘 와도 돼요. 자정에 릴얀스플란에서 열리는 술 파티에 초대할게요. 어서 와요."

짐과 사비나는 택시를 타고 갔고, 에드바르드가 내려와 택시비를 냈다. 그런 후에 그들은 릴얀스플란의 작은 발코니에서 두

꺼운 담요를 두르고 앉아 새벽까지 도시를 내다보았다. 겨울이 오는 중이었다. 동쪽에서 거대한 눈구름이 굴러오고 있었다.

짐: 그때쯤에 일을 시작했어. 사비나는 일박 외출을 허가받으면 옵세르바토리에가탄의 내 방에서 자곤 했지. 아침에 출근하면서 사비나에게 100크로나를 줬어. 내가 돌아오면 그녀는 보도에 앉아서 기다리고 있었지. 에드바르드는 여전히 나를 감시했고. 한 달에 한 번 나의 간과 신장, 심장을 검진하고 내가 장기를 상하게 하지 않으면서 술을 얼마나 마실 수 있는지 알 수 있게 도왔어. 그는 거리에 벤츠를 세우고 그 앞에 서서 경적을 울렸고, 그가 내 수치를 기록하는 동안 내가 그 차를 몰고 스톡홀름을 돌 수 있게 해줬지. 사비나가 떠났을 때 그도 사라졌어. 다시는 그를 보지 못했지.

어느 날 오후, 늘 기다리고 있던 사비나가 없었다. 며칠이 흘렀다. 그는 공기 중에 상처처럼 감돌다 한순간 흩어지는 그녀의 향기를 맡을 수 있었다. 몇 주 후 그녀는 스토라스쿠간의 공원에서 발견되었다. 거대한 참나무 아래 홀로 밧줄에 매달려 있었다. 짐은 잉에르 보겔에게 전화를 걸었고, 잉에르는 분홍색 알약이 가득한 의료가방을 들고 와주었다. 그녀는 남은 겨울 내내 짐의 작은 셋방에 함께 머물렀다.

잠옷 가운과 슬리퍼 차림으로 구멍가게에 담배와 우유를 사러 문을 나서던 그와 마주친다. 그는 잉에르 보겔과 함께이고, 오래된 와인과 다른 무언가의 냄새를 희미하게 풍긴다. 아마도 외로움이리라. 잉에르 보겔은 달라 보인다. 간호사복을 입지 않은 그녀는 더 둥글고 상냥하여 다른 여자들과 비슷하게 보인다. 그녀는 나와 눈을 맞추지 않은 채 조심히 내 뺨을 만진다.

"내 걱정을 할 필요는 없어, 야키." 짐이 말한다. "알코올은 인간에게 선물이야. 너도 언젠가 스스로 알게 되겠지."

"걱정했다고 말한 적 없어요." 나는 이렇게 말하고 거리를 계속 내려간다.

나는 열넷, 열다섯, 열여섯 살이고, 열일곱번째 생일에는 페이지보이 스타일*을 한 블렌다가 내 앞에 앉아서 한 손으로 와인잔을 빙글빙글 돌린다.

"짐은 네가 베콤베리아에 와서 자기 삶을 구했다고 늘 말하지." 그녀가 말한다. "그 말 들으니 기뻐. 날 위해 그 사람을 구해줘서 기뻐, 아키."

짐은 블렌다와 결혼했고 아들 둘을 두었다. 밤에 남자아이들이 잠자리에 들면 우리는 바사공원이 내려다보이는 그들의 커다란 거실에 앉아 함께 술을 마신다.

열여덟 살이 되자 더이상 그들을 찾아가지 않는다. 그들의 아파트에 전화를 걸어보지만 아무도 받지 않고 편지에도 답장이 없다. 그들은 행복하지 않거나 서로가 필요한 만큼 실컷 누리는지도 모른다.

대학 친구들 몇몇과 드로트닝가탄의 언덕을 내려가는데 짐이 어느 술집에서 불쑥 나온다. 낡은 어두운 색 코트를 입은 그는 눈길에 몇 번 넘어지더니 일어서서 저멀리 도시를 향해 무작

---

* 앞머리를 내리고 귀밑까지 동그랗게 자른 단발.

정 걸어간다. 어느 시점에 이르면 다시 일어설 수 없을 것 같다. 그저 땅에 쓰러진 채 지나가는 사람들에게 밟히고, 그 위로 눈이 계속 떨어질 것만 같다.

"불쌍한 놈." 짐이 누구인지 모르는 윌바가 그를 가리키며 속삭인다. 우리는 그의 등이 천천히 군중 속으로 사라지는 것을 본다. 그를 따라가서 인사를 하지 않은 게 후회된다. 손을 내밀어 그가 눈 속에서 일어나도록 도왔어야 했다. 옆에 앉아 머리카락에 묻은 눈을 털어주며 이렇게 물을 수도 있었다.

"이젠 갈 수 있겠어요?"

"잠시 옆에 머물러줄 수 있겠니?"

"십 분 후에 강의가 시작해요."

"옆에 몇 분만 앉아 있어주렴. 난 상태가 좋지 않단다, 야키. 그동안 어디에 있었니?"

"몇 번이나 전화했어요. 편지도 썼죠. 하지만 결코 답장하지 않았잖아요."

"내가 그랬던가?"

"네."

"내가 가진 가장 좋은 걸 던져버리다니 어떻게 그렇게 멍청할 수 있을까?"

"나도 몰라요, 짐. 이제 갈게요."

마리온이 태어나고 몇 주 후, 뜬금없이 짐에게서 전화가 온다. 공항으로 가는 택시 안에서. 거의 이십 년 만이다. 그는 술에 취했고 목소리는 평소와 똑같았다. 따뜻하고 기쁨이 넘치는 친밀한 목소리.

"아들을 낳았어?"

"네, 마리온이에요."

"멋진 이름이다. 내가 봐도 되겠니? 안아봐도 되겠어?"

"그러고 싶으세요?"

"물론 그러고 싶지. 파리에 가본 적 있니, 야키?"

그가 숨을 훅 들이마시며 담배에 불을 붙이는 소리와 그 뒤로 택시기사가 제지하는 소리가 들린다. 마지못해 담배를 꺼야 하는 모양이다. 나는 기다린다. 마리온은 내 어깨에 기대 잠들어 있다. 나는 욕실 거울 앞에 서서 턱과 어깨 사이에 수화기를 끼고 통화중이다. 모유가 내 맨팔 위로 흘러 작은 자국을 남긴다.

"택시 안에서 담배 피우면 안 된대요?"

"그래, 안 된다는구나."

나는 거울에 비친 내 얼굴을 보며 미소 짓는다.

"슬픈 상황이네요."

"그래, 그렇지 않니?"

그의 미소가 전화선을 따라 들리는 것 같다.

"아직 호텔은 잡지 않았는데 운에 맡겨보기로 하고, 네 항공편도 예약했다. 야키. 강변이 보이는 동부 고속도로 바로 옆에 묵을 수 있어. 네가 원하면 오페라극장 옆에 묵을 수도 있지. 지금이면 튀일리정원의 나무들이 잎을 달았을 거다."

나는 그의 제안을 받아들이지 않는다. 돌아가는 길에 그는 전화를 걸어 마리온과 함께 올 수 있느냐고 묻는다. 바사공원 옆 아파트는 가구들을 들어내고 상자에 짐을 싸놓았다. 블렌다와 남자아이들은 이사 나갔다. 커다랗고 환한 방에선 그들의 흔적을 찾을 수 없고 현관에 놓인 의자에 붉은 오르골만 남아 있다. 아이들 중 하나가 재킷을 벗을 때 거기 놓아두었다가 잊어버린

게 분명하다.

짐은 마치 몇 달 동안 술만 마신 모습이었다. 그는 한참 마리온을 바라보더니 아이의 이마에 난 보송보송한 솜털을 머뭇거리며 만져보았지만 손이 떨려서 감히 안지는 못했다. 곧 피아노를 카리뇨로 가져갈 참이었다. 바닷가에 작은 집을 찾았다고 했다. 그는 잠옷 가운을 입고 짐짝 위에 앉아서 어깨에 난 상처를 보여주었다. 마치 날개를 뜯어내고 남은 흉터처럼 보였다. 그는 비아리츠 외곽의 해변에서 모닥불에 넘어졌다고 말했다. 나는 상처의 피와 모래를 씻어주고 깨끗한 티셔츠를 입도록 도와주었다. 그런 후에 우리는 앉아서 밤을 내다보았다.

로네가 병원 정문을 나서다 멈춘다. 이것이 마지막 꿈이다.

"그럼 저 병원에 대해선 어떻게 생각하니? 어째서 모든 사람이 저곳을 그렇게 두려워했을까?"

"현기증 같은 거예요. 떨어져서 밤 속으로 실려간다는 공포. 결국에는 바깥으로 몰려 끝이 나리라는 공포. 하지만 여기엔 두려워할 게 없어요."

"그럼 넌 여기 있는 게 좋았니?"

"네, 여기 있는 게 아주 좋았어요. 짐이 좋았어요."

우리는 계속 천천히, 버스정류장까지 걸어간다. 부드러운 겨울비가 머리 위로 떨어지고 저멀리에서는 또다른 비행기가 나무 꼭대기로 하강하는 소리가 들린다.

"그럼 지금은?"

"지금 남은 건 결말뿐이에요."

"한 이야기가 끝나는지 어떻게 알아?"

"그냥 알아요."

밤하늘에서 간간이 눈송이가 떨어져 고운 가루처럼 잔디 위에 내려앉는다. 나는 재킷을 더 꽁꽁 여민다.

"로네, 저 나무 위에 매달린 고독한 별 하나 보여요?"

"그래."

"그게 떨어지면 모든 게 끝나요."

III

마지막 대화
(외로움에 대하여)

어느 날 밤, 나는 별 하나가 떨어지는 걸 본다. 별은 밤하늘에 우윳빛 자취를 남긴다. 그리고 짐이 다시 내게 카리뇨에서 편지를 보낸다. 어린 시절의 긴 편지가 생각난다.

"나는 여기서 무척이나 외롭다. 야키. 이건 경주에서 최후의 한 바퀴를 도는 것 같은 기분이라는 걸 알려주고 싶어. 슬퍼하지 마라. 너도 이게 어떤 건지 알잖니."

다시 짐의 목소리가 전화기에서 들린다. 아주 오래 물속에 있었던 것처럼 잔잔하고 단조롭다.

"들어보렴, 야키……"

"안녕, 짐. 어떻게 지내요?"

"외로워…… 알겠니?"

"네."

나는 뒤에서 바닷소리가 들려오지 않나 귀를 기울이지만, 늘 열어두던 문을 마침내 닫아버렸는지 그의 주변에는 고요뿐이다. 밤이면 바람에 쾅 닫히던 그 문을 통해 카리뇨의 집안으로 모래와 달팽이, 죽은 곤충들이 소용돌이치듯 들어와 벽에 부딪혀 무더기로 쌓여 있곤 했다. 들리는 거라고는 성냥갑에 긋는 성냥 소리, 그의 입을 떠나 거실 돌 탁자에 앉은 고독한 몸 위로 흩어지는 담배 연기 소리뿐이다.

"무슨 생각 하니, 야키?"

"늘 병에 걸리는 걸 두려워했다는 생각을 하고 있었어요."

"무슨 뜻이니, 병에 걸리다니?"

"미치는 거요."

"하지만 넌 그러지 않았잖아."

"가끔은 그냥 걸려버렸으면 좋겠다고 생각하기도 했어요. 그러면 더는 두려워할 필요가 없으니까요."

갑작스레 그의 목소리가 완전히 선명하고, 부드럽고, 존재감이 있으며, 냉철해진다.

"하지만 들어보렴, 너는 병에 걸리지 않을 거야. 넌 다른 존재가 될 거야."

나는 저멀리서 타오르는 지평선과 마지막 남은 빛으로 빛나는 거대한 구름들을 본다.

"어떻게 알아요?"

그는 한참 아무 말 없이 앉아 있고, 들리는 건 담배를 들이마실 때마다 갑작스럽게 격렬해지는 숨소리뿐이다.

"모르겠어, 야키. 전에는 항상 네가 스스로 삶을 마감할까봐 걱정했지만, 이젠 아니야."

"어째서요?"

"늘 네가 나와 같은 어둠에 빠질 운명이라고 생각했어. 하지만 그렇지 않다는 걸 깨달았지. 그저 넌 다르다는 걸 알아. 마리온도 그렇기를 바란다."

그런 축복을 받으면 어떻게 해야 할까. 그날 밤 손에 푸른 진주 열두 알을 들고 앉아서 생각한다. 아직도 삶이 나를 붙잡아 획 채가기를 기다리면서, 아직도 그것이 끝내 시작하기를 기다리면서.

"기다리지 마." 짐이 내 생각을 읽은 듯 말한다. "삶은 절대 시작하지 않아. 끝날 뿐이지. 갑자기. 그냥 그렇게."

그가 허공에 대고 손가락을 튕기는 소리가 들리고, 그런 후에 우리는 다시 한번 말없이 앉아 있다. 축음기에서 나오는 음악이 뒤에 깔린다. 밤의 부드러운 선율, 카리뇨의 마지막 소리. 마리온이 더 어렸을 때를 생각한다. 그애가 하늘에 뜬 비행기를 두 손가락으로 잡으려고 했던 기억. 비행기들이 그렇게 광활히 먼 거리에 있다는 걸 이해하지 못하고, 그것들이 손으로 잡을 수 있는 작은 장난감이라고 줄곧 믿었다.

"짐을 구할 수 있을 거라고 늘 생각했어요." 나는 속삭인다. "하지만 누군가를 그 자신으로부터 구하기란 불가능해요. 어쩌면 그게 제대로 되지 않을 거라는 걸 짐은 항상 알고 있었겠죠. 나는 그저 짐이 그걸 원한다고 생각했어요."

짐은 조용히 웃는다.

"물론 그걸 죽도록 원했지, 야키. 누가 됐든 바라는 건 그것뿐이야. 하지만 불가능했어. 허사였지. 네가 뭘 했든 별 차이는 없었을 거야."

"없었을까요?"

"없었지."

그러고 나서 다시 한번 바닷소리가 들린다. 저 바깥의 위대한 포효. 그가 다시 문을 열고 그 옆에 서서 담배를 피우는지도 모르겠다.

"부탁하고 싶은 게 있다, 야키. 그래서 전화한 거야. 마지막으로 한 가지만."

"뭔데요?"

"마지막에 네가 함께해줬으면 좋겠어. 내가 물속으로 걸어들어갈 때 네가 해변에 함께 있어주면 두렵지 않을 것 같다."

잠이 들기 직전이면 이따금 스토라 만스의 운동장에 꼼짝 않고 서 있는 푸른빛의 나무들이 내 앞에 나타난다. 산들바람이 시계탑공원을 스쳐가도 나무들은 그 무엇도 자신들을 흔들 수 없다는 듯 미동도 하지 않는다. 그리고 봄철 연못에 모이던 작은 도롱뇽들이 끅끅대는 소리를 듣는다. 짐이 외출 허가를 받으면 산책 가곤 하던 유다른호수의 반질거리는 검은 바위들을 본다. 호수는 늘 그늘에 잠겨 있었고 우리는 비탈면에 몇 시간이고 서서 저 아래 비친 흔들거리는 반사상을 들여다보았다.

로네는 늘 내 얼굴과 짐의 얼굴이 같은 연장으로 깎아낸 것 같다고 말했다. 새벽의 여명에 깨어 누워 있으면 베콤베리아에서 우리 셋이 찍은 사진, 지금은 내 침대 위에 걸린 사진을 보며 내 안에 짐의 만족하지 못하는 성질과 로네의 고독이 둘 다 공존하고 있음을 깨닫는다. 그리고 새들이 깨어나고 헤드비그엘레오노라교회의 종이 울리기 시작하면, 만난 지 얼마 되지 않은 그들의 모습을 본다. 각각 팔에 책 한 권씩 끼고서 노르툴스가탄을 걸어 대학교로 가던 길, 우리 가족의 시작. 로네는 스웨이드 재킷과 긴 부츠 차림이고, 짐은 헐렁한 코듀로이 정장을 입었다. 이제 골동품점 창문 앞에서 짐이 허리를 숙여 그녀에게 키스하고, 그들은 계속 거리를 걸어간다. 하나의 시작이 된 키스, 그가 수없이 많이 깨게 될 약속. 하지만 그 순간 강렬한 내면의 빛이 두 사람을 환히 밝히고, 그들의 얼굴은 옵세르바토리에룬덴공원 뒤편의 빛나는 햇살을 받고서 금빛을 띤다. 여름이 끝난 후에도 남은 몇몇 황금색 잠자리들이 그들 주위를 빙글빙글 돈다. 잠자리들은 짐, 로네와 함께 미래의 눈부신 빛을 향해 날아간다. 그리고 나는 카리뇨에서 걸려온 전화 너머 짐의 술 취한 목소리를 듣는다.

"사실 병에 걸렸을 때 믿을 수 없을 만큼 감사했어. 병에 걸리지 않았다면 세계의 아무것도 이해하지 못했을 거야."

"언제 갈 거예요, 짐?"

"확실히는 말 못하겠어."

"헤엄쳐나갈 때 내 생각 할 거예요?"

"아무것도 생각하지 않을 것 같은데."

"나한테 전화할 건가요?"

"네가 원한다면."

"마지막으로 한 가지만 물을게요."

"뭔데?"

"나를 사랑하기는 했어요?"

"모르겠어, 야키. 내가 사랑했는지 아닌지 모르겠어."

마지막 환자
(여전히 빛을 받으며)

그리고 어느 맑은 날, 사람들이 그곳에 서서 묻는다.
이것은 진정 더 나아지기 위한 변화였을까, 아니면 그저 실수였을까?

이제 바깥은 어둡다. 올로프는 흐느낌을 멈추고 커다란 면 손수건을 무릎에 두고 앉는다.

"마지막으로 한 가지만요, 박사님."

"말해봐요."

"예수를 죽인 건 미치지 않은 사람들이었죠?"

야노브시 박사는 부드럽게 웃는다.

"당신 말이 맞아요, 올로프. 예수를 죽인 건 미치지 않은 사람들이었습니다."

"그래요, 나도 그렇게 생각했어요."

바깥 복도에 바람이 분다. 올로프는 일어서서 어떤 선율에 귀를 기울인다.

"야노브시 박사님도 들려요?"

"아니, 아무것도 안 들리는데요."

올로프는 쉿, 조용히 하라고 한다.

"안 들린다고요?"

"안 들려요. 그저 바람뿐."

"바람이 아니에요. 그때 그 합창단이에요. 그들이 나를 위해
노래하고 있어요. 정말로 안 들려요?"

야노브시 박사는 일어서서 귀를 기울인다.

"무슨 노래를 하고 있죠?"

"확실히는 모르겠어요."

"그럼 불러봐요."

올로프는 노래한다.

1995년 겨울, 베콤베리아의 마지막 병동이 문을 닫는다. 야노브시 박사는 어두운 복도를 천천히 걸어가 겨울의 빛을 향해 문을 연다. 그는 잠시 금색 글자가 새겨진 현판 아래 서서 얼어버린 작은 연못을 내다본다. 그런 후 외투의 단추를 채우고 라임나무 대로를 따라 걸어간다.

1980년대 내내 정신병원에서 제공하는 치료에 대한 비판이 일면서 환자들은 그곳에서 내보내진다. 서구사회 전체를 휩쓸고 간 탈시설화 물결의 일환이다. 1960년대에 항정신병약이 등장하면서 시설 밖에서의 생활이 가능해졌고, 구시대의 정신병원들이 소비했던 막대한 재정은 더이상 지원되지 않는다.

　　정신병리학적 치료는 이제 대형 종합병원에서 이루어진다. 이전 병상의 10퍼센트 정도만이 남아 있을 뿐이다.

　　이따금 베콤베리아의 시대는 1932년부터 1995년까지의 복지국가 시대와 일치하는 것 같다.

에트 미세리코르디아[*]

*라틴어로 '그리고 자비를 베푸십니다'.

오늘 광장을 가로질러가면서 몇 주만에 그 선원을 보았다. 그는 한 손에 아쿠아비트 병을 들고 평소 앉던 자리에 있었지만 오늘은 휠체어를 탄 채였다. 두 다리가 사타구니 바로 아래부터 절단되어 있었고, 아직 붕대를 풀지 않은 상태였다. 그는 나를 보자 손을 흔들면서 고함을 질렀고, 나는 그의 옆 벤치에 앉았다.

"다리는 어떻게 된 거예요?" 나는 욕지기가 치밀어올라 어지러운 머리로 그의 훼손된 하체를 보지 않으려 애쓰며 물었다. 그는 마치 전쟁이라도 겪고 온 것만 같았다. 그가 두 손을 휘두르며 웃었다.

"없어졌어."

"그래, 나도 그건 보여요. 그러니까 어떻게 된 거예요?"

"뭐, 어차피 그 다리들이 나를 제대로 된 곳에 데려다준 적도 없으니까. 늘 걔들이 가고 싶은 대로 가버렸지. 알잖아, 가장 먼저 보이는 주류판매점이나 여기 광장으로 직행했지. 그게 어떤 건지 너도 알잖아. 그리고 이제 이 대단한 것을 갖게 됐어." 그는 웃으며 휠체어의 좁다란 바퀴를 톡톡 두드렸다.

그후 나는 마리온을 데리러 가는 길 내내 울었다. 막 장례식에 다녀온 것만 같았다. 어린이집에 들어서자 마리온이 작은 방들을 지나 내게로 뛰어왔다. 그애는 언제나처럼 상상할 수 없을 만큼 행복하고, 나도 그렇다. 내 안에 한줄기 바람이 흘러들어오는 것 같다. 어떤 가능성, 어둠 속을 가르는 하나의 틈.

마리온이 태어나기 직전, 알몸에 여미지 않은 병원 가운을 걸치고 서 있는데 작은 새 한 마리가 분만실로 날아들어왔다. 골반에 느껴지던 타오르는 고통은 너무도 강렬해서 모든 생각을 지워버렸고, 천조각처럼 찢겨나가 피를 철철 흘리며 죽을 거라는 공포도 닦아냈다. 새는 벌새처럼 작고 환한 푸른색이었다. 새가 열린 창문에 앉아 나를 바라보고 있으니 마치 선택받은 사람이 된 듯한 기분이 들었다. 어쩌면 나는 선택받았는지도 몰랐다. 마리온이 작은 돌고래처럼 내게서 나왔으니까. 너무도 순식간에 벌어진 일이라 아기가 바닥에 떨어지기 직전에야 받아냈다. 그 후에는 로네를 생각했다. 오래전 로네도 나를 위해 똑같은 일을 했을 것이다. 그녀도 분만실에서 혼자였다. 짐은 그날 밤 병원에 오지 않았고 아침이 되어서야 왔다. 술에 취한 그가 너무도 커다란 장미 꽃다발을 한아름 들고 오는 바람에 직원은 양동이를 가지고 와야 했다. 병원에서 찍은 유일한 사진에서, 격분하고 패배한 얼굴의 로네가 침대 가장자리에 앉아 나를 처음으로 안고 있다. 그녀의 화장이 흘러내려 눈 아래에 검은 줄이 길게 남아 있었다.

나는 종종 리카르드를 생각한다. 그가 내게 얼마나 상냥했는지. 그의 손을 생각한다. 우리가 사랑을 나눌 때 내 머리맡의 손을 잡던 그의 손, 내 손바닥을 그토록 가볍게 쓸며 생명선을 따라 왔다갔다하다 손목의 가는 핏줄에까지 이르던 그의 손가락. 그는 나를 더 꼭 안고 놓아주지 말았어야 했다. 마리온이 고작 몇 개월 되었을 무렵 그는 헬싱키에서 전화를 걸어서 울었다. 나는 뭐라 말해야 할지 몰라 수화기를 바닥에 내려놓고, 전화기 옆 마룻바닥에 누운 채 그가 우는 소리를 들었다. 잠시 후 그는 전화를 끊었다. 아마도 내가 더이상 전화를 받고 있지 않음을 깨달았을 터였다.

가끔 파울이 나를 행복으로부터 구해주었다는 생각이 든다. 내가 행복에 잘 대처했을 거라는 생각은 들지 않는다. 한때 우리는 행복에 근접하기도 했다. 캄마카르가탄 집에서의 오후, 로네의 커다란 침대에 햇볕을 받으며 누워 세상에 단둘만 있었을 때. 그것은 내면의 아픔 같았다. 내가 안에서부터 흘러넘쳐 뒤집힌 것처럼, 내면이 공중제비를 돈 것처럼.

지금은 늦여름이고 제대로 사는 사람들은 도시로 돌아와 그들의 소리로, 그들의 풍요와 자기 믿음, 조깅 경로로 도시를 가득 채운다. 여기 아래에 있던 가발가게는 영원히 문을 닫았고, "곧 돌아옵니다"라는 쪽지만 몇 주 내내 붙어 있다. 교회 세례당에서는 사람들이 유리 관에서 깃털 아이를 꺼냈다. 아침에 잠에서 깰 때면 내가 아직도 젊고 삶이 시작되기를 기다리는 건지, 아니면 모든 게 오래전에 끝나버린 건지 알 수 없다. 그래도 한 손을 뻗으면 마리온이 시트를 감고 거기 누워 있다. 나는 그애가 반대편으로 돌아누워 있어도 깨어 있다는 것을 안다.

"할아버지 꿈을 꿨어." 아이의 목소리는 잠결에 쉬어 있다.

"무슨 꿈인데?" 내가 묻는다.

"할아버지가 자전거를 타고 바닷속으로 곧장 들어가는 꿈. 할아버지 이제 갔어?"

"아니. 할아버지는 아직도 거기 있어. 바닷가 집에."

"언제까지 거기 있어?"

"나도 몰라. 아마 할아버지도 모를 거야."

"그다음엔?"

"그다음엔 여기 우리를 만나러 오겠지."

아이가 몸을 돌려 나를 본다. 아이의 눈은 활짝 커졌고 동공은 끝도 없이 깊다. 마치 대양의 해류가 그 아이 깊이 흐르는 것만 같다.

"엄마는 할아버지가 올 거라 생각해?"

바람이 창에 걸린 하얀 보일 커튼에 장난을 치고, 짐이 내게 준 유일한 선물은 언제나 있는 그대로 말하는 법이라는 생각이 든다. 그게 지금처럼 상처를 준다고 해도.

"나도 모르겠다, 마리온." 내가 마침내 말한다. "엄마는 할아버지가 가장 원하는 건 멀리 떠나는 거라고 믿어."

"언제나 그랬어?"

"그런 것 같아."

"하지만 할아버지는 이제 나이가 많잖아?"

"그래. 하지만 때때로 마음은 젊을 수 있어. 얼굴은 늙어 보여도."

"엄마도 그렇게 하고 싶어?"

"가버리고 싶으냐고?"

"응."

"아니, 엄마는 아니야. 여기 너랑 함께 있고 싶어."

커튼이 창문 밖으로 빨려나갔다가 바람에 닿은 적도 없는 것처럼 느슨하게 풀린다. 나는 손을 뻗어 마리온의 뺨을 만진다. 오래전에 짐이 마치 새의 날개처럼 내 뺨을 스치듯 만져주었던 것처럼.

"너는 무슨 생각 하니, 마리온?"

"우리에게 생길 온갖 재미있는 일들을 생각해."

나는 웃는다.

"우리가 뭘 할 건데?"

"보면 알아."

내 기억 속에서 하얀 바닷새가 병원 복도를 따라 날고 있다. 그럴 리가 없지만 기억에 따르면 우리가 처음 짐을 보러 갔을 때 그랬다. 깃털과 날개의 바스락거리는 소리, 바다와 죽음의 희미한 냄새. 건물 안 어딘가의 해안에서 파도가 부서지는 듯, 건물이 벌어진 상처를 감추고 있는 듯.

우리는 잠시 아름다운 병원 공원을 거닐다가 다시 도시로 가는 버스를 탔다. 그리고 일주일 후 다시 그곳을 찾았다. 공원에는 꽃이 활짝 피었고 하늘은 가라앉을 것처럼 낮게 깔려 있었으며 꽃송이는 내 머리만큼 컸다. 복지국가 초창기 시절 언젠가 심었을 벚나무와 은엽수, 빛바랜 벽을 타고 올라가는 덩굴장미, 그곳에 선 나는 우리를 바라보던 거대한 건물의 수많은 눈들을 올려다보았다. 내가 짐을 건드리자 그는 마치 내가 쓰린 상처를 문지르기라도 한 양 펄쩍 뛰었다.

"안녕, 귀염둥이."

"어쩌다 떨어졌어요?"

"모르겠다. 갑자기 천국이 땅 아래에 열리더라고. 그저 거기로 뛰어든 것뿐이야."

짐과 나는 손을 잡고 병원 정원을 걸었고 거대한 나무들의 우듬지가 우리의 모습을 가렸다. 위에서 커다란 구름이 획획 지나가면 검게 타버린 잔디밭 위로 커다란 그림자가 서둘러 스쳐갔다. 그 그림자는 밤에 대한 나의 공포이자 감금당하는 것, 사랑받는 것, 마리온을 잃는 것에 대한 나의 공포이다. 리카르드 옆에서 깨어난 나는 한낮의 빛 속에서는 결코 설명할 수 없는 무언가를 두려워했던 밤들을 생각한다. 내 머릿속, 달팽이관 바로 옆에서 느껴지는 갑작스러운 압력, 저멀리 일어난 산불의 포효처럼 가차없고 귀가 터질듯한 천둥, 밤중에 예기치 않게 비치는 태양. 그런 것들 때문에 생각이 마구 날뛴다. 그리고 그 공포는 파울이고, 병원 건물 위를 높이 맴돌던 맹금이며, 스토라 만스 뒤편 사람 크기만한 꽃들이다. 그 공포는 땅거미 질 무렵 불길처럼 빛나던 유다른숲의 거대한 나무뿌리다. 이제 막 총리로서 두번째 임기를 시작한 올로프 팔메는 매일 아침 벨링뷔에 있는 집에서 로센바드로 출근하는 길에 베콤베리아를 들러 어머니를 면회한다. 시계탑공원의 거대한 나무 아래를 걸을 때면 그도 평범한 사람이다. 그저 정신병원에 있는 노파를 혼자 면회하러 온 남자일 뿐이다. 병동 안에서 노파가 그를 향해 아이처럼 총총 걸어온다. 복도를 서둘러 걸어오는 나이든 여자는 이제 더이상 그가 누군지 기억하지 못한다. 그저 정장을 입고 서류가방을 들고서 매일 아침 나타나 잠시 함께 앉아 있다가 다시 복도로 사라져버리는 점잖은 사람일 뿐이다. 그리고 그 공포는 햇빛 아래 발코니에 앉아 책을 들고 마리온과 나를 기다리던 로네다. 그 공포는 햇빛이 비치던 짐의 얼굴이다. 또한 그 얼굴은 공포가 멈추는 곳이기도 하다. 그럴 때는 말랑한 햇빛 속, 스토라 만스의 그늘 밑에 옹기종기 모여든 남자들 중 누군가를 그가 웃길 때이다. 그리고 짐이 나를 본 그 순간, 그의 얼굴이 환히 밝아진다.

"너 또 왔니, 꼬마 미치광이야?"

그 공포는 또한 모피코트를 입고 경비견 무리에 쫓기며 숲을 달려가던 사비나다. 새와 잠자리, 가문비나무, 그후에 사비나의 정강이에 남은 핏빛 자국, 시체안치소에 벌거벗은 채 누워 있는 그녀의 알몸이다. 의과대학에서 포름알데히드로 가득찬 거대한 콘크리트 통 속에 떠다니는 무연고 환자들이다.

"내가 원하는 건 자유뿐이야. 자유가 허락되지 않을 때에도, 난 어쨌든 가지고 말 거야." 사비나는 말한다.

"그랬다가 떨어지는 게 사비나면요?"

그녀에게 광기는 희망이다. 내가 언제나 잊곤 하는 사실.

"그러라지. 떨어지는 건 우주를 이해하는 거야."

말들은 그녀의 묵주이다. 그녀에게 말이 지닌 마술적 힘은 기도의 힘과 같다. 그녀의 어둠 속, 빛의 실로 한 알 한 알 꿰인 진주알들. 나는 창틀에 놓인 그녀의 잃어버린 진주알들을 본다. 불꺼진 침실 창문에서 어린 나 자신의 얼굴을 본다. 그리고 눈을 감으면 대서양의 거대한 파도 소리가 들린다. 파도가 해변에 부딪혔다가 다시 천천히 바다로 밀려가는 소리. 파도는 호흡, 무한히 느린 심장박동, 떴다 감은 눈 한쪽, 행성 위로 쏟아져내리는 밤 같다. 나는 진주알들을 심장 옆에 갖다대고 짐이 카리뇨에서 전화를 걸어 자기에게 와달라고 부탁하기를 기다린다. 이 진주알은 점점 다가오는 광대한 밤에 대항하는 나의 부적이다.

짐: 트램펄린 위에 서서 물속을 내려다보는 상상을 해. 그런 다음 완벽한 점프를 해서 심연 속으로 사라지지. 몇 초 후, 수면은 다시 한

번 검은 거울이 돼. 내가 거기 들어간 적도 없는 것 같겠지. 우리를 이 지상에 붙들어주는 밧줄은 없어. 달을 지구에 묶어놓은 끈이 없는 것처럼. 그러면 나를 머무르게 하는 건 뭘까? 밧줄이 아니면, 사랑이 아니면 무엇이 나를 이 세상과 이어줄까? 하지만 그런 건 존재하지 않아. 존재한 적 없었어.

아침에 나는 로네와 짐이 캄마카르가탄의 집에서 누워 자는 모습을 관찰하곤 했다. 축축한 시트에 휘감겨, 창문을 통해 스며드는 빛의 화염에 휩싸인 채 자는 모습을. 로네는 늘 베개를 껴안고 잤고 작은 황금 하트 목걸이가 목에서 진동했다. 나는 정말로 나의 시선이 그들을 지켜줄 수 있다고 믿었던 것 같다. 그들을 나의 축복으로 감싸고, 다가오는 어둠으로부터, 한참을 지평선 위에 걸려 있다가 서로 부딪히며 하늘 위를 굴러가던 구름들로부터 보호해줄 수 있다고 생각했다. 나의 시선이 그들을 영원히 빛 속에 머무르게 해줄 거라 생각했다. 늘 내가 초능력을 지녔다고 상상했다. 그런 생각이 어디서 왔는지는 알지 못한다. 나는 누구도 구원하지 못했다. 구원에 가까이 간 적도 없었다.

이 소설을 1932년부터 1995년까지
베콤베리아를 거쳐간 모든 이에게 바칩니다.

용서에 관하여:
내가 용서한다 해도 여전히 용서할 수 없는 일입니다

2019년 2월 5일, 핀란드에서 열린 스웨덴문학협회 시상식에서
'용서할 수 없는 일'에 대한 사라 스트리츠베리의 성찰

젊은 시절의 아버지 사진이 있습니다. 나무 아래 햇볕을 받으며 누워 잠들어 있죠. 갈색 코듀로이 재킷을 입고 약간 헐렁한 신발을 신은 아버지가 졸고 있으면 한줄기 햇살이 그 위에 어립니다. 아버지를 좀더 잠들어 있게 놔두죠. 서리 낀 풀잎에 내려앉은 호박벌을 입바람으로 깨우듯이, 처음 떠오르는 아침해가 아버지의 얼굴을 따듯이 비출 수 있게요. 삶이 곧 시작합니다. 힘든 삶이 되겠지요. 애초부터 늦어버린 일이 너무 많습니다. 그리고 이 글을 쓰는 지금 아버지를 보니, 아버지는 당신 자신의 삶보다 먼저 시작된 무엇, 몇 세대를 거쳐내려온 무언가를 그저 따라가고 있다는 걸 알 수 있었습니다. 지금 쓰고 있는 글 덕분에 저는 용서에 관해 생각하게 되었습니다.

*

    프랑스 철학자 자크 데리다는 용서는 자주 다른 개념들과 뒤섞인다고 주장했습니다. 대의명분, 정치, 정상성, 경제 같은 것들이죠. 데리다가 『용서하다』에서 쓴 대로, 오로지 용서할 수 없는 일만 용서할 수 있기 때문이죠. 언뜻 들으면 진퇴유곡의 모순 같습니다만, 사실상 그 반대지요. 그건 일종의 열린 시작입니다. 그리고 논리적이지요. 우리가 용서할 수 있을 듯 보이는 것만 용서하려고 한다면, 용서는 그 의미를 잃고 맙니다. 용서는 용서할 수 없는 것에까지 뻗어갑니다. 다른 말로 하면 뭔가 거대한 일, 한 사람을 돌이킬 수 없이 무너뜨린 것에까지 미치지요. 그리고 그런 이유로 용서란 언제나 불가능이자 모순이고 광기이며 하나의 꿈입니다.

    스웨덴 작가 망누스 플로린은 소설 『줄무늬Ränderna』에서 자신의 죽은 어머니와의 만남을 그리며 데리다의 사상을 형상화했습니다. 그가 어린아이였을 때 어머니는 스스로 물에 들어가 죽었고, 그후 그는 세상에 홀로 남게 되었죠. 그들은 이제 어느 장난감가게에서 만납니다.

    "내가 회한을 느껴야 할까?" 어머니는 말합니다. "난 아무런

회한도 느끼지 않아. 너는 그럭저럭 괜찮게 살아왔잖니? 내가 살아 있었다고 해도 지금의 네가 더 나을지 몰라. 하지만 나를 용서해줄 수 있는지 물어봐야 할 것만 같구나."

"물어보고 싶으세요?"

"아니. 내 말이 너무 냉정한가? 그럴 뜻은 아니었어. 하지만 그런 질문을 해봤자 의미 없잖니. '나를 용서해 줄 수 있어?' 같은 거 말이야. 그런 건 버스에서 다른 사람 발을 밟았을 때나 하는 말이잖아? 내가 한 짓은 용서할 수 없는 일이었어. 어떻게 그런 짓을 용서할 수 있겠니? 뒤에 남겨진 사람들은 그걸 안고 어떻게든 살아가야 하는데, 그렇지 않니? 용서할 수 없는 일은 언제든 용서할 수 없단다. 하지만 참아낼 수는 있지 않을까? 그리고 결국에는, 용서할 수 없는 일만이 용서할 가치가 있는 게 아닐까?"

용서할 수 있는 건 오로지 용서할 수 없는 일뿐이기에, 용서의 문제는 결코 해결될 수 없습니다. 늘 열려 있고 미완결이며 영원히 대답을 받을 수 없는 질문, 아물지 않는 상처로 남죠. 다르게 말하자면, 불용不容에 대해서는 절대 최종 결정을 내릴 수 없습니다. 여전히 용서할 수 없는 일이 바로 용서할 가능성이 있는 일이기 때문이죠.

용서할 수 없는 일과 용서의 문제는 영원히 나는 화살과 같습니다.

"내가 용서한다 해도, 그건 여전히 용서할 수 없는 일이야."
스웨덴의 극작가 라르스 노렌의 희곡 『어떤 유의 하데스*Ett sortes Hades*』에서 정신병원에 수용된 딸, 마리는 말합니다.

*

차원, 크기, 비례의 관점에서 용서할 수 없는 일을 숙고해보겠습니다. 용서할 수 없는 일은 막대하며 측정할 수 없는 것으로, 너무 거대하기에 물리적으로든 정신적으로든 충분한 여유가 없는 일이고, 모든 것을 산산이 부서뜨리며 세계에 깊은 상처를 내는 행위입니다. 어쩌면 문제는 용서할 수 없는 일이 우리의 사고 과정 바깥에 있다는 데 기인하는지도 모릅니다. 용서할 수 없는 일은 측정할 수도 없고 인간의 비례 조화에 맞지도 않으며, 우리가 상상할 수 없는 행위에 속해 있습니다. 헤아릴 수 없기에 기억하기도 어렵습니다. 우리 모두 무언가 끔찍한 일을 겪은 사람을 알고 있지만, 그 가해자를 아는 사람은 아무도 없습니다. 그들은 어디에 있죠? 우리의 생각이 닿지 않는 어딘가에서 우리를 바라보고 있을까요?

벨기에 작가인 크리스티엔 헴메레흐츠의 『개 먹이를 주었던 여자 *De vrouw die de honden te eten gaf*』에서 주인공은 용서할 수 없는 죄를 저지릅니다. 그 여자는 소아성애 성향 살인자의 공범이 되어, 함께 사는 집에서 그가 범죄를 저지르도록 내버려둡니다. 그리고 모든 일이 일어나는 걸 목격하면서도 방관하죠. 이제 여자는 아이들과 떨어져 교도소에 갇힙니다.

"나는 딸 옆에 무릎을 꿇고 앉아 기도했습니다. 늘 똑같은 기도였죠. 그 누구도 내 아이들에게 복수하지 않도록 해주세요. 눈에는 눈, 이에는 이, 아이에는 아이. 나는 딸아이에게 말했습니다. '그 일을 되돌릴 수 있다면 뭐든지 하겠지만, 그럴 수가 없어. 네 부모가 누군지 아무에게도 절대 말하지 않겠다고 약속해. 세상에 믿을 수 있는 사람은 하나도 없단다. 네가 누군지 아무에게도 말해서는 안 돼. 돈을 준다고 해도 말하면 안 돼. 아이패드를 준다고 해도 안 돼.'"

이 소설에서 범죄자는 자신을 위해 용서를 기대하지 않았습니다. 그러나 아이들을 위해서는 용서를 바랐죠.

*

    우리 마음속에는 늘 용서할 준비가 된 마음과 동시에 그만큼 강력한 것, 완전히 비합리적이고 무자비한 마음도 있을지 모릅니다. 궁극적으로 우리에게는 한 사람을 용서하거나 혹은 죽일 수 있는 선택권이 있습니다. 국가가 권력 행사를 독점하고 있으니 그 선택이 진정 가능하다고 할 수는 없습니다만, 가상의 무기와 원한을 늘 지니고 다니며 휴전과 화해를 거부할 수는 있겠죠. 법의 판결은 용서와 다른 문제입니다. 법은 검처럼 깨끗하고 빛납니다. 빵을 훔치고 다리 밑에서 잠자는 사람들이 모두 가난한 이들이라는 사실에는 신경도 쓰지 않죠. 성폭력 가해자가 끈질기게 쫓아오는 가운데 피해자가 커피를 마셨는지, 파리나 어딘가로 여행을 떠났는지도 신경쓰지 않습니다. 법은 오직 범죄 행위에만 관심을 갖고, 따라서 과학적일 뿐 도덕적이지는 않습니다. 법은 오직 자신의 소유가 아닌 물건을 낚아채는 손과 다른 사람의 머리를 찍어누르며 꼼짝 못하게 하는 팔에만 관심이 있습니다. 법은 마음이 아니고, 도덕성이 아니며, 온 세계가 아닙니다. 그리고 벌이 주어졌거나 이미 죗값을 치렀다고 해서 누군가를 용서할 필요는 없습니다. 역으로, 그 사람이 처벌을 받지 않았지만 그를 용서할 수도 있습니다. 하지만 용서할 수 있는 건 오직 용서할 수 없는 일뿐입니다.

또한, 죄를 지은 자가 자백을 했거나 용서를 구했는가 하는 문제도 중요하지 않다고 데리다는 말합니다. 자백이 용서의 조건이라면 우리는 다시 한번 가해자의 뜻대로 휘둘리고 맙니다. 데리다는 한발 더 나아가 용서는 죄를 지은 자가 변모하여 더 나은 사람, 이제 다시는 악행을 저지르지 않는 사람이 되었다는 사실에 바탕을 두어서도 안 된다고 합니다. 그렇게 한다면 실로 다른 가해자, 다른 범죄를 용서하는 게 될 테니까요. 진정한 용서는 무조건적이며, 이성이나 합리성과는 관련이 없습니다. 그것은 거대하고 맹목적이며 무한합니다.

미국 시인 클로디아 랜킨은 용서하는 사람에게 용서란 죽음과 같은 것이라고, 이미 죽어버린 마음의 자리, 심장에서 사그라지는 것이라고 묘사합니다. 무無의 감정, 부재, 바닥이 보이지 않는 공허, 미움받거나 사랑받는 모든 일을 넘어선 것이죠. 예수와 한나 아렌트는 당사자가 자신이 하는 일을 알지 못해야 용서가 가능하다고 했습니다. 데즈먼드 투투*는 용서 없이는 미래가 없

* 남아프리카공화국의 대주교.

다고 했습니다. 진정한 화해는 끔찍합니다. 십자가의 관점에서는 주님의 독생자를 희생시킨 것이니까요. 남아프리카에서는 아파르트헤이트 이후 용서에서부터 새로운 사회가 솟아났습니다. 하지만 화해와 용서의 중대한 문제는, 희생자들은 이미 죽은 경우가 많고, 살아남아 용서할 수 있는 유일한 사람들은 스스로 그런 선택을 할 수 없다는 것입니다. 우리가 다른 사람을, 죽은 이를 대신해서 용서할 수 있을까요? 아니면 단지 죽은 사람은 목소리를 낼 수 없으니 그들과의 화해는 불가능하다고 주장해야 할까요?

용서는 용서하는 이들에게 일종의 자주적 권리를 요구하지만, 연약한 이들은 이따금 연약한 성질 그 자체 때문에 목숨뿐 아니라 말할 능력까지 빼앗기고 맙니다. 그로 인해 권리를 가진 당사자가 "나는 용서한다"고 말할 수 있는 자유, 힘, 권력이 지워지는 거죠. 이렇게 해서 데리다는 마침내 용서할 수 없는 일의 정의를 내립니다. 용서할 수 없는 일이란 어느 한 사람에게서 바로 그 자주적 권리, 즉 말할 권리를 빼앗는 일입니다. 내면이 찢겨나갔기에, 용서할 수 없는 일을 용서한다는 생각조차 할 수 없기 때문입니다. 강간이 바로 "나는 고발한다" 혹은 "나는 용서한다"고 말할 자유와 힘, 권력을 파괴하는 행위입니다. 강간은 용서할 수 없으면서도 흔해빠진 사건들 사이에 자리를 잡습니다.

하지만 데리다는 그런 유의 자주적 권리가 없는 용서를 상상합니다. 혀가 잘렸지만 그럼에도 표현했던 필로멜라처럼요.* 불가능성, 유토피아, 광기, 다른 세계를 향한 맹렬한 희망. 문학은 죽은 자들이 입안의 혀가 아니라 흙으로 말할 수 있는 유일한 공간입니다. 저의 신작 『사랑의 남극대륙*Kärlekens Antarktis*』의 주인공은 죽은 사람입니다.

"새가, 벌레가, 부패가 있다는 건 참 다행이야." 여자 주인공은 말합니다. "우리 시체들이 땅에 누워 썩어가지 않는다면 하늘까지 높이 쌓여, 죽은 자들로 이루어진 고층 건물과 탑이 되겠지. 난 우리가 얼마나 많을지 자주 헤아려봐. 이미 떠나온 우리가 남아 있는 너희보다는 확실히 많겠지. 그러나 우린 너희에게 아무것도 할 수 없어. 너희는 우리를 마음대로 할 수 있지, 원하는 대로 말하고, 우리 위에 검은 흙을 던지고, 무슨 이야기든 너희가 좋아하는 대로 말할 수 있어. 우리에게 사실 확인을 하는

---

* 필로멜라는 아테네의 왕 판디온의 딸로. 언니인 프로크네의 남편이자 트라키아의 왕인 테레우스에게 겁탈을 당하고 혀를 잘리고 말았다. 테레우스에게 감금된 필로멜라는 자신이 당한 일을 자수로 놓아 프로크네에게 보내고 프로크네는 동생의 복수를 위해 테레우스와의 사이에서 난 아들 이티스를 죽여 테레우스에게 먹인다.

사람은 없으니까, 죽은 자의 좋은 점이 바로 그거지. 완벽한 친구, 절대로 반론하지 않을 사람. 그리고 우리는 결코 변하지 않아, 언제나 그대로 머물러 있지. 활인화* 속에 멈추어 있어. 한 사람은 두 세대만 지나면 잊히고 말아. 인간의 기억이란 그 정도밖에 지속되지 않지."

*

남아프리카공화국의 용서 과정에서 있었던 문제 하나는 주로 백인으로 구성된 부자들과 주로 흑인이었던 빈자들 사이의 극명한 차이였습니다. 그 차이 자체가 아파르트헤이트라는 이름의 인종차별과 폭력의 결과였지요. 그리고 그 희생자는 바로 가난한 이들이었고, 그들은 권력구조, 다른 말로 하면 불공평한 재산법이 남아 버티고 있는데도 용서해야만 했습니다. "아마도 제 정치 인생에서 일관적으로 지속해온 한 가지 요소를 여러분께 말씀드리는 행복을 누리고 싶습니다. 바로 화해에 대한 불신입니다. 제게 화해란 저 자신의 절멸을 필요로 하는 것입니다." 남아프리카공화국 작가 은자불로 S. 은데벨레는 『위니 만델라의 외

---

* 여러 명의 사람들이 명화나 역사의 한 장면을 실제 정지 동작으로 연출하는 것.

침』에서 이렇게 썼습니다. 남아프리카공화국의 시인 콜레카 푸투마는 『집단적 기억상실』에서 이렇게 말합니다. "죄악은/ 흑인들을 지옥으로 보낼/ 행위가 아니리라/ 죄악은 우리가 혁명이라는 이름으로/ 저지를 행위일 것이다/ 지옥은/ 진실에 대한 복수를 행하기 위해/ 뒤집어엎을 선조들의 무덤이 될 것이다/ 유령들린 집에 사는 자여/ 무엇을 기대하는가?/ 자기 자신을 자유롭다거나 사면받았다 할 수 있는가?/ 할렐루야는 흑인들의 트림 소리처럼/ 들린다고 그들에게 말해주길/ **정의!/ 정의!/ 정의!/ 정의!/ 정의!/ 정의!/ 정의!/ 정의!**" 이들은 화해와 미래를 말하는 사람들에게 이의를 제기하는 문학적 목소리들입니다.

남아프리카공화국은 전 세계에서도 여성과 어린이를 상대로 한 성폭력 범죄율이 가장 높은 국가입니다. '진실과 화해 위원회'에 증언을 제출한 여성들은 또다른 폭력에 노출됩니다. 불신과 죄의식이라는 폭력의 그림자가 강간당한 여성에게 드리워집니다. 그것에 대해 말하는 순간 여성은 보이지 않는 수렁으로 끌려들어가는 것 같습니다. 화해 절차 후에도 그런 강간 사건은 계속 이어졌지만 사적이고 비정치적인 사건의 형태를 띠게 되었고, 따라서 강간이 용서의 위대한 절차 바깥으로 다소 밀려나버렸다는 것이 철학자 루이즈 더토이의 말입니다. 강간 문제를 제기하는 것은 폭력이 계속되는 동안이 아니라 비폭력 기간 이후에야 가능합니다.

*

1998년 텍사스에서 조지 W. 부시 주지사가 칼라 페이 터커의 사형을 승인한 근거는 그 여자를 재판하는 일, 즉 그녀를 용서할 것인가 아니면 그 반대를 행할 것인가 하는 결정을 신에게 넘긴다는 것이었습니다. 하지만 사형은 용서할 수 없는 일의 명시적 표현입니다. 좌우간, 칼라 페이 터커가 죽음을 맞는 방안에서 전대미문의 일이 벌어집니다. 그곳에서 희생자의 남자 형제인 론 칼슨이 역사적으로 획기적인 행동을 합니다. 미국 역사상 처음으로 희생자의 친척이 희생자가 아닌 가해자의 편에서 집행에 참석하기로 한 것입니다. 희생자가 자신의 여자 형제였는데도요.

그것은 시간, 혹은 인력과 관련이 있을지 모릅니다. 어쩌면 문법과 언어의 규칙, 알파벳 그 자체와 관련이 있을지 모릅니다. 나는 용서할 수 없는 일을 생각할 때마다, 어쩔 도리 없이 용서에 빠져들고 맙니다.

어쩌면 용서가 용서할 수 없는 일 바로 옆에 앉아 있기 때문일 것입니다. 어쩌면 그것이 실제로는 같은 것이기 때문인지도 모릅니다.

*

에세이스트이자 홀로코스트 생존자인 장 아메리는 니체가 용서에 대해서 늘 결정적 발언을 해왔다는 의견을 받아들일 수 없었습니다. 어쨌거나 니체가 쓴 모든 글들은 1900년 이전에 발표되었고, 그때 이 철학자는 인류에 자행된 20세기의 범죄가 어떤 모습일지 알 도리가 없었으니까요. 그리고 니체가 용서의 문제에서 도덕성에 관해 참조한 지점을 오늘날 우리는 자주 심리학에서 찾습니다. 여전히 날개가 꺾인 채로 과거에 묶인 죄수가 되지 말라, 운운하는 말이지요. 하지만 아메리가 쓴 대로, 질병(개인적이고 심리적이며 일탈적이고 격렬한 고통)과 그 증상은 사실상 우리가 살고 있는 세계에 대해 무언가 말해주는 도덕적 진실이고, 이 병에서 치료되는 건 전적으로 부도덕한 일이 될 것입니다. 그는 이렇게 씁니다. "나는 트라우마에 시달리는 게 아니다. 다만 나의 영혼과 정신의 조건이 현실과 완전히 부합할 뿐이다."

아메리는 용서란 한 사람의 개별성을 사회에 매몰시키고 그것이 단지 사회집단의 기능이 되는 것 이라고 말합니다. 그의 말에 따르면 "나의 비열한 화해불가능성"이라고 하죠. 그는 자기 자신을 가스실을 구축한 세대가 화해를 요구하는 한 용서하기를 원치 않는 소수자 중 한 사람으로 봅니다. 그로 말하자면, 더도 말고 덜도 말고 이미 저질러진 일을 없었던 일로 해주기를, 시간을 돌려놓기를 요구합니다. 데즈먼드 투투가 용서 없이는 미래도 없다고 단언하는 반면, 아메리는 어째서 내일이 될 무엇이 어제였던 무엇보다 더 가치 있느냐고 묻습니다. 피해를 입지 않은 이들에게는 나치 독일에서의 십이 년일 경험이 피해자에는 수천 년의 경험이 되어버린다고, 그는 썼습니다. "용서하고 잊기를 원하는 세계가 살해를 직접 자행하거나 다른 이가 살해하도록 허락한 자들이 아니라 내게 선고를 내린다." 그는 자기 자신을 구하고 독일을 구하기 위해서는 용서할 수 없는 일을 붙들고 고수해야 한다고 주장합니다. "그 무엇이 나를 어른다고 해도 내가 1935년에 깨어난 잠 속으로 나를 다시 데려가 재울 수 없다." 그는 또 이렇게 씁니다. "무정한 비도덕적 시대를 맞아 우리 독일인은 곧 죽게 될 것이니, 그때까지 우리는 우리가 화해할 수 없다는 사실을 참고 견뎌야 한다. 그리고 무슨 일이 일어나고 있었는지 이해하지 못했다고는 말하지 말라. 너무 어렸다고 말하지 말라. 그때는 심지어 태어나지도 않았다는 변명도 하지 말라. 어쨌든 그 일을 보았을 테니까. 그리고 태어나지도 않았다면, 부모 세대와 연을 끊으라!"

잔인한 사실은, 시간은 범인의 편이라는 겁니다. 시간은 살아 있는 자들의 편이지요. 그들에 대항하는 죽은 자들은 승산이 없습니다. 아메리는 박해에 몰려 빠져든 고독으로부터 헤어날 길을 찾습니다. 그는 가해자가 그와 뜻을 같이 하고 한순간 희생자와 연합하는 지점을 찾고자 했습니다. 가해자가 그만큼이나 열렬하게 이미 행해진 일을 되돌리고 싶어하는 지점 말입니다. 시간을 되돌리고, 범인이 자신의 죄에 단단하게 묶이는 지점이죠. 불가능한 일을 요구하는 것은 어쩌면 일종의 광기일 것이고, 화해하기를 거부하는 희생자들은 일종의 시비 거는 광인들, 낡은 밧줄에 매달린 채 현실 위에 대롱거리는 사람으로 치부되고 맙니다. 그리고 이런 유의 격한 행동이 데리다가 말하는 진정한 용서일지도 모릅니다. 잘못을 저지른 사람과 희생된 사람들이 시간을 거슬러 만날 때 말이지요. 우리 모두가 역사의 흐름을 따라 헤엄칠 때, 인력과 시간의 법칙을 거스르며 불가능한 일로써 난공불락의 힘센 적을 무찌르려 할 때 말입니다. 그것은 미래에 관한 행동이 아니라 과거에 관한 행동입니다. 정신의 절대적 한계에 닿도록 전력을 다하고, 용서할 수 없는 일로 돌아가, 바로 그 자리에 머무르고 견디며, 천국과 지상 사이에 매달리는 일. 어쩌면 가장 위대한 형태의 문학은 언제나 거기, 정신의 한계에 있을지 모릅니다. 어쩌면 문학은 용서할 수 없는 일을 견디는 것과 관련이 있을 것입니다. 저는 늘 광기의 편에 있는 언어를 추구해왔습니다. 광기는 현실을 있는 그대로 받아들이기를 거부할 뿐더러 그에 저항합니다.

*

제가 좋아하는 독일 예술가 중 안나 슐라이트라는 사람이 있습니다. 그의 작품 중에는 미국에 있는 옛 정신병원들을 꽃과 음악으로 가득 채우는 작업이 있습니다. 저의 소설 『사랑의 중력』에는 저와 일부분 닮은 아이가 나옵니다. 베콤베리아 정신병원에 아버지를 면회하러 가는 소녀지요. 제가 그 소설을 썼을 때, 안나 슐라이트의 작업이 제게 신성하게 다가왔습니다 〈꽃송이 Bloom〉라는 작품에서, 슐라이트는 꽃이 심긴 화분 2만 8000개를 매사추세츠의 정신건강센터에 설치했습니다. 한 번도 면회객을 받지 못한 모든 환자를 위한 작업이었지요. 병원 시설에 있는 누군가를 면회할 때는 꽃을 가져간다. 이것은 불문율이죠. 하지만 그곳이 정신병원일 때는, 특히 오래된 정신병원의 환자들에게는 그렇게 하지 않습니다. 다른 작품에서 안나 슐라이트는 매사추세츠의 옛 노샘프턴주립병원에 102개의 확성기를 설치했습니다. 철거되기 직전 몇 년 동안은 버려진 건물이었죠. 그리고 그곳에 바흐의 〈마니피카트〉가 흘러넘치게 했습니다. 슐라이트는 그 건물이 노래하기를 바랐다고 했습니다. 저는 그 행사의 사진을 보았습니다. 도시의 시민들이 옛 병원에서 울려퍼지는 소리를 듣고 그 방향으로 걷기 시작하는 장면이었죠. 그 병원은 모든 옛 정신병원과 마찬가지로, 넓은 도시 바깥에서 약간 떨어진 위치에 있었습니다. (시간이 흐르면서 도시가 점점 가까이 다가오기는 하지만요.) 마치 범죄라도 저지른 양 다소간 공동체에서 쫓겨나 있죠. 그들의 잘못이라고는 이 세상을 살아가기에는, 점점 빨라지는 20세기의 속도를 따라잡기에는, 그 세계의 존재를 견디기에는 너무 연약했다는 것뿐인데요. 하지만 바깥 세계의 눈으로 보기에, 이들은 단지 떨어진 사람이 아니었습니다. 저주받고 그 누구도 원치 않는 괴물이었습니다. 이들이 어떻게 세계의 죄를 용서할 수 있을까요?

어쩌면 그건 불가능한 용서일지도 모릅니다. 죄와 결백이 자리를 바꾸었으니까요. 가령, 매춘도 그렇습니다. 이 세계에서는 남성 성구매자와의 섹스에서 느껴야 할 죄의식과 수치심을 매춘 여성과의 섹스로 돌려버립니다. 여성이 세상에서 가장 결백하다고 할지라도요. 여성은 자기 자신의 성적 욕구 표현을 하지 않고, 그 순간에는 존재하지도 않으며, 욕망의 감정이나 배출의 수단도 없이 그저 다른 이의 강요를 충족시키기 위해 쓰일 뿐입니다. 그러나 수치심을 품는 사람은 여자가 됩니다. 여자가 죄를 지은 사람이 됩니다. 용서를 구해야 하는 죄인이 됩니다.

연약한 이들은 자신의 연약함 때문에 비난받습니다. 약자의 권리를 주장하는 사람은 십자가에 못박힙니다. 난민들은 상처를 입고 갈 곳이 없다는 이유로 비난받습니다. 세계는 은폐와 공허한 말을 멈추지 않습니다. 집단적 거짓말과 기만, 환영. 저는 용서의 문제는, 거대서사가 그것이 반영해야 하는 현실과 일치하기 전까지는 가능하지 않다고 말하고 싶습니다. 여기 우리보다 한참 전에, 공룡보다도 먼저 이 세상에서 살아온 바다의 아름다운 회색 상어와 마찬가지인 거죠. 상어 이야기에서 인간에게 위험이 되는 건 늘 상어입니다. 상어가 매해 죽이는 사람은 몇 명 되지 않지만 인간은 수억 마리의 상어를 죽인다는 걸 알면서도 말이죠.

이 지구 행성과 다른 종족뿐만 아니라 우리 자신의 삶을 파괴하는 범인은 우리가 최후에 저지른 용서할 수 없는 행동이자 가장 극단적인 행동일 것입니다. 진정으로 용서할 수 없는 일은, 이런 재난의 희생자들이 용서할 수 없는 일을 용서하는 문제를 고려하는 데 필요한 자주적 권리를 당장 가질 수 없다는 사실일지도 모릅니다. 그들이 어린아이이기 때문입니다. 용서할 수 없는 우리 삶의 방식을 용서하는 문제가 제기되었을 때, 이런 잠재적 용서의 수혜자는 우리와 마찬가지로 이미 죽은 사람일 것이기 때문입니다. 용서의 문제가 마침내 끝난 세계는 죽은 세계입니다. 저 멀리에 텅 빈 바다가 철썩이는 소리만 희미하게 울리겠죠.

*

만약 용서가 시간을 돌리기를 요구한다면, 이미 저지른 일을 없었던 일로 하기를 요구한다면, 아마도 문학은 용서할 수 없는 일과 용서가 나란히 존재할 수 있는 장소일 것입니다. 문학에서 미리 선결된 시간이란 없습니다. 모든 것이 이미 벌어진 동시에 아직 아무것도 일어나지 않았습니다. 거기, 저는 여전히 아버지의 손을 잡고 빛 속에 서 있습니다. 저는 아버지가 홀로 되지 않도록 함께 병원에 갔습니다. 어떤 미치광이도 혼자 있어서는 안되기 때문이죠. 그리고 어쩌면 진정한 용서란, 우리 상상의 한계를 넘어선 광기의 꿈 같은 행위, 시간을 훌쩍 뛰어넘어 부모를 찾고 그들의 불가능한 시작으로 돌아가서 그들을 덮쳐올 어둠으로부터 보호해주는 것인지도 모릅니다. 비록 그렇게 하면 우리가 결코 존재하지 않게 될지라도 말이죠. 한 가족에게 내려져 훗날 용서할 수 없는 없는 행위로 이어질 저주를 멈추기 위해서는 그 방법밖에 없습니다.

우리를 이 땅에 발붙이게 하는, 포기할 수 없는 사랑

2019년, 루이지애나현대미술관의 유튜브 채널에서 제공되는 동영상에서 사라 스트리츠베리는 '작가가 된다는 것'이라는 제목의 토크를 이렇게 시작한다. "내 인생에는 두 가지 선택이 있었어요. 하나는 비참해지는 것이고, 다른 하나는 작가가 되는 것이었죠. 나는 가끔 이건 알코올중독자와 작가 사이의 선택이라는 생각을 해요." 세상에서 떨어져나가지 않고 발붙이는 방식으로 글쓰기를 택한 작가, 이 세상에서 미치지 않고 멀쩡한 정신으로 남기 위해 작가가 된 사람의 말이다.

사라 스트리츠베리가 2014년 발표한 『사랑의 중력』의 스웨덴어 원제는 '베콤베리아–나의 가족에게 바치는 송가*Beckomberga-Ode till min familj*'이다. 여기서 이 소설의 두 가지 큰 줄기를 단적으로 파악할 수 있다. 먼저 하나는 이 소설의 배경인 베콤베리아 정신병원(Beckomberga sjukhus)에 대한 이야기이다. 책에 연대기로 기록되는 베콤베리아는 1932년에 문을 열었고, 20세기 중반 서구사회의 정신의학, 보건정책의 상징이었다. 병원이 가장 활발하게 운영되던 시절에는 2천 명에 가까운 인원이 수용되기도 했다. 이곳은 사회에서 밀려나 자기 자리를 찾지 못한 사람들을 위한 집이었다. 하지만 1972년생 작가는 주인공 소녀 야키의 시선을 빌려서 이렇게 완벽하게 통제되는 사회의 정상성에 질문을 던진다. 이는 1970년대 미국의 펜허스트 판결에서부터 이어져 1990년대 유럽에서 활발하게 논의된 탈시설화 담론과 관련된 것이다. 신체적 혹은 정신적 장애가 있는 사회 구성원을 지역사회로부터 분리하여 고립된 생활환경에서 수용하고 통제하는 치료가 지속된다면, 이는 자신이 원하는 곳을 선택하여 살 수 있는 개인의 권리를 침해하는 것이 아닌가하는 물음이다. "복지국가의 야망"이라고 표현된 베콤베리아는 1995년에 결국 문을 닫는다.

베콤베리아는 사라 스트리츠베리 개인의 삶과도 맞닿아 있다. 어린 시절의 한 조각이 이 소설 『사랑의 중력』의 메인 플롯일 뿐 아니라, 2019년에 발표된 그림책 『여름의 잠수』(사라 스트리츠베리 글, 사라 룬드베리 그림)에도 묘사되어 있다. 작가의 아버지는 작가가 어렸을 때 정신질환으로 베콤베리아에 수용되었고, 어린 소녀는 처음에는 엄마와, 후에는 혼자서 계속 면회를 다녔다. 『여름의 잠수』에는 베콤베리아의 전경이 글만큼이나 선명하게 그림으로 묘사된다. 눈 내린 겨울날, 검은 문과 현관, 금색 글씨, 붉은 벽, 여러 개의 창문이 있는 거대한 건물 앞에 붉은 코트를 입은 어머니와 그 손을 잡고 붉은 점퍼를 입은 딸의 뒷모습이 보인다. 그 앞에는 개를 산책시키거나 유아차를 미는 사람들이 지나간다. 언뜻 보기에는 보통 건물들과 다른 게 없어 보인다. 하지만 그곳의 통행은 자유롭지 않다. 이 세상에서 살아가고 싶지 않은 사람들은 그 안으로 들어가고 쉽게 나오지 못한다. 작가는 이 공간을 통해서 가족의 역사를 훑는다. 우울함에 민감한 이는 아버지만이 아니었다. 아버지의 어머니에게도, 아버지의 딸인 야키에게도 세상에 대한 섬세함과 민감한 시각이 있다. 이 모든 것이 지나치게 거대한 주제이고 쓰기에는 벅찬 이야기였지만, 작가는 거기서 멈추지 않는다.

위의 루이지애나 채널 동영상을 포함, 여러 인터뷰에서, 사라 스트리츠베리는 『사랑의 중력』은 하나의 이미지에서 시작했다고 밝혔다. 한 노인이 폐쇄된 정신병원 건물에 손을 대고 있다. 마치 살아 있는 생물의 심장박동을 느끼듯이. 1995년 베콤베리아가 문을 닫은 후에 다시 돌아온 노인 환자였다. 작가는 이 이미

지에서 연상된 감각을 따라 최후의 환자 올로프를 그리면서 이 소설을 시작했다. 병원은 세계에서 주변부로 밀려나온 사람들에게는 빠져나오고 싶지만, 돌아오고 싶은 곳이기도 했다. 그러나 스트리츠베리는 이들을 주변인으로만 보지 않았다. 정신질환을 앓는 사람들, 국외자들, 사회의 금기에 도전하는 사람들, 스트리츠베리의 세계에서는 이들이 중심이었다. 소녀 야키는 그들을 통해서 세계를 만난다. 아버지 지미, 사비나, 정신병원에 수용되었으나 모두 야키의 세계에서는 자기 자리가 있는 사람들이었다.

스트리츠베리는 항상 그런 주변인들에 대한 이야기를 여성의 관점으로 쓰는 작가이다. 2006년 『밸러리*Drömfakulteten*』는 급진적 페미니스트이자 앤디 워홀을 저격한 범인으로 알려진 밸러리 솔라너스의 일생을 재구성한 소설이다. 밸러리 솔라너스에 관한 역사의 평가가 무엇이든, 스트리츠베리가 그를 보는 시선에는 인간적인 애정이 있다. 2010년 발표된 『달링 리버*Darling River*』는 블라디미르 나보코프의 『롤리타』를 재구성하여, 성적으로 대상화된 소녀를 그렸다. 작가는 남들이 볼 때는 대담하다고 할 만한 소재를 다루지만, 어떤 금기에도 머뭇거리지 않는다. 스트리츠베리가 생각하는 작가는 의식을 벗어난 존재이며, 무언가 작가를 따라와서 이런 건 쓰지 말라고 붙들기 전에 이미 손으로 써버리는 사람이다. 『사랑의 중력』 또한 그런 방식으로 쓰였다. 야키의 눈으로 그려지는 세계는 아름답거나 합리적이지만은 않고, 여기서 어떤 대목은 불편하게 여겨질 수도 있을 것이다. 그렇지만 거기서 발견되는 세계의 진실이 있다. 스웨덴 잡지 〈뇌예스구이덴Nöjesguiden〉과의 인터뷰에서, 작가는 주인공을 건강한 외부 관점에 두지 않고, 위태로운 입장에서 병원 내부로 들어가게 했다고 밝혔다. 야키의 눈을 통해서, 독자는 사회에서 벗어난 사람들과 동질감을 느끼게 된다.

이런 독서 경험은 무척 자연스럽다. 제정신으로 살아가기 위해 글을 쓴다고 말한 작가처럼 우리 또한 이 세상에서 떨어져나가지 않고 살아가기 어렵다고 느끼는 일은 얼마든지 있기 때문이다. 가끔은 멀쩡히 일어나서 살아갈 수 없을 것처럼 슬퍼지는 때가 있다. 어느샌가 땅에서 발이 떨어져 바람에 휩쓸려가버릴 것 같은 때가 있다. 이 세계에서 떨어져버릴 것 같은 때가 있다. 그때 우리의 발을 잡고 다시 세상에 끌어내리는 것이 사랑이라는 개념이라고 작가는 말한다. 야키가 아들 마리온에 대한 사랑으로써 발붙이고 살아갈 수 있게 된 것처럼. 지미가 쉽사리 떠나지 않게 된 것처럼. 이 책의 번역제인 '사랑의 중력'은 거기서 유래했다.

슬프게도 사랑으로 모든 걸 끌어당길 수 있다고 말할 수는 없다. 아무리 사랑해도 그렇게 갈 수밖에 없는 이들이, 벌어질 수밖에 없는 일들이 있다. 이 소설은 그런 슬픔 또한 그려낸다. 그러나 그것이 우리의 사랑이 약해서만은 아닐 것이다. 그러나 자유롭기 때문이든, 자유롭지 못하기 때문이든, 세계에서 떠오른 사람들도 우리의 사랑만은 알고 있으리라. 『사랑의 중력』은 그렇게 떠나는 사람, 남는 사람 모두를 위한 이야기이다.

박현주

지은이 **사라 스트리츠베리**
1972년 스톡홀름에서 태어났다. 2004년 장편소설 『해피 샐리』로 데뷔했다. 두번째 장편 『밸러리』로 2007년 북유럽이사회문학상을 수상했고 네번째 장편 『사랑의 중력』으로 2015년 유럽연합문학상을 수상했다. 2016년 한림원 종신회원 열여덟 명 중 열세번째 회원으로 선출되어 열번째 여성 회원이자 최연소 회원이 되었으나 2018년 장클로드 아르노 스캔들 고발자와 연대하고자 한림원을 떠났다.

옮긴이 **박현주**
소설가, 전문 번역가, 에세이스트. 소설 『나의 오컬트한 일상 - 봄여름 편』 『나의 오컬트한 일상 - 가을겨울 편』 『서칭 포 허니맨 - 양봉남을 찾아서』, 에세이 『로맨스 약국』을 썼고, 『스밀라의 눈에 대한 감각』, 레이먼드 챈들러 선집, 트루먼 커포티 선집, 찰스 부코우스키의 소설과 에세이, 『바바리안 데이즈』 『조용한 아내』 등을 번역했다. 2018년 『하우스프라우』로 제12회 유영번역상을 수상했다.

문학동네 세계문학
사랑의 중력

초판 인쇄 2020년 11월 4일 | 초판 발행 2020년 11월 13일

지은이 사라 스트리츠베리 | 옮긴이 박현주 | 펴낸이 염현숙
기획 이현정 | 책임편집 정혜림 | 편집 류기일 이현정
디자인 엄자영 이원경 | 저작권 한문숙 김지영 이영은
마케팅 정민호 이숙재 양서연 박지영 | 홍보 김희숙 김상만 지문희 김현지
제작 강신은 김동욱 임현식 | 제작처 상지사

펴낸곳 (주)문학동네
출판등록 1993년 10월 22일 제406-2003-000045호
주소 10881 경기도 파주시 회동길 210
전자우편 editor@munhak.com | 대표전화 031) 955-8888 | 팩스 031) 955-8855
문의전화 031) 955-3578(마케팅) 031) 955-8861(편집)
문학동네카페 http://cafe.naver.com/mhdn | 트위터 @munhakdongne
북클럽문학동네 http://bookclubmunhak.com

ISBN 978-89-546-7566-6 03850

www.munhak.com